九把刀作品 NO.4

請問，還有哪裡需要加強

力加減如何ですか？

唯君夜営

Miss Shampoo

九把刀Giddens：編導

CONTENTS

Chapter 01

Countdown

一個月的大暴走

1

「李先生，剛剛做的報告出來了。很遺憾。」

「……很遺憾？」

「依照現階段的檢查報告你只剩下一個月時間，我們將盡快安排你住院。」

「！」

看著車窗外的浮雲，已經楞了兩個多小時。

天快黑了，雲也散了。

嘰嘰喳喳，喳喳嘰嘰，過去一百三十多分鐘車上的新聞廣播只剩下純粹的聲音，字跟字之間沒了關聯，主持人在說什麼都沒眞正進去祐辰的耳朵裡。

半個小時前女兒就該放學了，但祐辰根本沒有離開醫院旁的特約停車場半步。

說好聽一點是沉澱，實際上報廢才是最貼切的形容。

祐辰心知肚明，一切都完了。

夢想根本沒有實現。

一、個、都、沒、有、實、現。

「國中的時候，你想當一個比舒馬克更厲害的賽車手吧？」祐辰看著後照鏡反射的自己，諷刺地說：「結果我現在開的是自排，只有在學車的時候開過手排車，還開得很爛。」

後照鏡裡的那個自己，表情也用力嘲笑著一事無成的祐辰。

「上了高中，你想當第一個在JUMP連載的台灣漫畫家。」祐辰嗤之以鼻，用手指摳掉眼角的淚光：「結果你整天只是讀書，最後還只有考上一間野雞大學。大學四年連一個完整的人物都沒畫過。」

接下來呢？

接下來乏善可陳的人生，還是沒完成過任何他向自己答應過的事。

念大學時祐辰想著畢業後要進成立不久的科學園區當個程式設計師，原以爲這已經是很務實的想法。沒想到當完兵後大學學歷只剩一張紙的重量，很多原本跟他一樣廢的大學同學至少再接再厲混進了研究所把文憑墊厚，而他，他的學歷連園區的邊都沾不上。

考研究所？太麻煩了，過幾年累積了工作經驗再說吧。

於是再說再說的祐辰在內湖一間貿易公司當一個普通課員，負責一些隨時都可以被任何人取代的文書工作。考研究所的事當然還是再說再說，等女兒長大了再說再說。

工作上不盡人意，可以推給能力不足。他想蒐集幾套漫畫擺在家裡書櫃上，裝出一點注重個人生活跟實現童年夢想的表象，目前爲止卻連一套最基本的七龍珠都沒有買。老婆說，怕小孩子看太多漫畫會學壞，他也就眞得乖乖聽話。

書櫃上只有一本在雜貨店外書報架上買的小叮噹，還是本授權不明的盜版。那天女兒哭著說要買她會乖她保證一定一定乖，還伸出手指說要打勾勾。

想起女兒，幸好那一天他沒有說「再說再說」，而是直接買了那本小叮噹。

方琳左臉有一個深深的酒渦，右臉沒有，笑起來露出一點點上排牙齦，頭還會微微向右傾，好可愛好可愛，比眞正的天使還要可愛。

家人是無法達成夢想的失敗者，最好的嗎啡。

自從女兒誕生在這個世界上後，祐辰總算說服自己，人生有太多聽起來很奢侈的事都是虛幻不切實際的夢想，只有家人陪在身邊才是最眞實的幸福。

看著女兒一天天長大，一天天懂事，比什麼賽車手、漫畫家、園區工程師都還要有意義。

的確，家庭是最好的藉口。

抬出「**爲了家庭**」這四個字，一切的惰性都變成了犧牲奉獻，誰都沒有資格評斷他——這也是全世界九成九無法實現夢想的男人共用的藉口。

□

「對不起，爸爸今天沒去接妳放學。」

祐辰看著遠處醫院走廊下的老舊電話亭。

記得口袋裡的電話卡還有十幾塊錢的額度？

然而祐辰不想跟外界……不，是不想跟家人有任何接觸。

暫時，暫時他只想繼續目前報廢的狀態。

2

再次發動引擎的時候，停車場旁的路燈已慢慢亮了起來。

去哪？

暫時不想回家，也沒有食慾。

沒有任何想法，只是輕輕踩住油門，背對著回家的道路往前往前……

「明明只是多咳了幾天，怎麼可能是肺癌末期？我已經不抽菸好幾年了。」

「我們會盡快安排你住院，一邊做更精密的檢查。三天後請你一定要過來。」

「……醫生……我真的只剩下一個月？」

「如果這張圖沒有錯，很抱歉。好好治療的話，也許有機會延到三個月。」

八點檔連續劇裡，每次演到有人被醫生宣布罹患末期癌症的時候，那人都會一副天打雷劈的模樣、隨即崩潰痛哭、怨天尤人地抓著醫生的肩膀大吼大叫：「這不可能！我不接受！你一定是弄錯了！」眞的是亂演一通。

知道死期走進行事曆後，過了很久祐辰的腦子都是空白一片，無法將「死亡」形成基本的概念。

恍恍惚惚後勉強出現的第一個想法，竟是嘲笑自己一貫的無能爲力。

車速漸慢，最後停在一間便利商店外。

「肺癌啊……眞了不起。」祐辰拉起手煞車：「咳咳咳咳咳……」

廣播裡的新聞播報還是集中在最近的新聞熱點，中華職棒假球案的動態：

「中華職棒假球案又有最新的發展，今天下午台北市調處約談王光熙、廖敏雄、曾貴章、諸志遠、李聰富、陳執信、謝奇勳、黃俊傑、邱啓成等九名時報鷹球員，經檢方複訊後，諭令以五萬元交保……」

打假球啊……職業球員的月薪應該很多吧？大概都過著隨時隨地都在幫粉絲簽名的生活，爲什麼……不，憑什麼還要打假球呢？

祐辰曾經是時報鷹的死忠球迷，要不是今天有更大的厄運降臨到自己身上，此時此刻的心情一定也很難過吧。

咳。

不過完全無所謂了現在。

打假球賺黑心錢至少還是球員自己的選擇，但自己的選項只有……生命剩下一個月，或好好配合治療就可以得到多活兩個月的額外獎賞。除了幹你娘以外他不曉得還有什麼得獎感言可說。

邊咳邊走進便利商店，他買了一包菸。

「哪一種？」店員無精打采地抬起頭。

「隨便。」他將幾枚銅板放在桌上：「然後一台打火機，最便宜那種。咳。」

坐在店門口垃圾桶旁的綠色塑膠椅上，祐辰用廉價的十塊錢打火機點燃菸管，有點笨拙地抽了起來。什麼牌，不知道。不在乎。

只抽了幾口，咳了幾下，當年菸癮很大的手感全都回來了。

自從女兒出生後，家裡的支出越來越多、記帳本上的細項越來越繁瑣，不需要老婆提醒，祐辰自然而然就戒了菸。說好聽是爲了女兒的健康，實際上還是爲了省一點錢。

雖然戒菸這一件事沒有造成祐辰任何困擾，也沒有因此不快樂或抱怨過，但現在抽上一根菸，至少可以裝模作樣向命運扳回一點什麼。

等不到爸爸來接她的方琳，大概早就打電話叫媽媽帶她回家了吧。

「對不起，爸爸整理一下情緒。」祐辰深深吐了一口濁氣。

一台擦得光亮的巡邏警車停在便利商店前。

警車門打開，一個胖胖的巡警取了柱子上的簽到簿簽名，然後站在門口拉拉被大肚子往下擠的皮帶。一個略瘦的巡警走進店裡買了兩罐冰烏龍茶，出來後猛盯著停在警車旁的裕隆舊車瞧。

「先生，這台青鳥是你的車？」略瘦的巡警看了坐在一旁抽菸的祐辰一眼。

「……」祐辰只是將視線飄了一下。

「這裡是紅線，快點開走。」胖胖的巡警接過了烏龍茶。

祐辰面無表情地看著前方，沒有說話。

「這裡是紅線，不開走的話我要開單了。」略瘦的巡警皺了皺眉頭。

「……」祐辰好像沒有聽到。

這種無所謂的態度惹毛了兩個警察。

原本也不想刻意找老百姓麻煩，只是單純想展示一下身爲警察的權力，可現在他們已經將罰單簿子拿了出來，對著祐辰的老裕隆抄車牌。

「行照駕照。」胖警察站了過來，褲子拉鍊正好對準了祐辰的臉。

「直接吊走啊。」祐辰淡淡地說：「咳咳。」

語氣微微顫抖，耳根子慢慢熱了起來。

但祐辰一點也沒有要讓步的意思。

「不拿出來的話，加開你一張未帶行照駕照。」胖警察溫言提醒，似乎是想給祐辰一個機會：「合作一點，我們也不是那麼不好說話，頂多開你一張督導。」

「……」祐辰繼續吸菸，別過頭。

以前遇到類似的情況，紅燈右轉、超速、停車越線、闖紅燈，不管機會有多渺茫，祐辰總會低聲下氣地說幾句小孩的學費很貴、薪水已經很久沒漲了的話，看看能不能不要開罰單，或至少不要開那麼重。

但此時此刻祐辰才發現，原來那種希望別人求他的、假施恩惠的嘴臉有多討人厭——這次是休想得逞。

「簽名。」剛抄好，略瘦的巡警不客氣地將罰單遞給祐辰。

「你們就只會這樣嘛。」

祐辰冷笑，接過罰單時忍不住補了這一句。

「你說什麼？」

「警察了不起。」

平時的祐辰完全不是這種個性。

如果人類的個性可以數值化，祐辰的個性大概就是一百萬人的個性平均值。當然才能也一樣，人生際遇也一樣，銀行存款與房貸壓力也是一樣。

簡單說就是最平凡裡的最平庸。平庸到毫無特色。

兩個小時前，祐辰所有的人生數值迅速發生變化。

「你再說一次，我就控告你污辱警察。」胖警察沉聲。

「污辱什麼？」祐辰彈了彈菸：「咳咳……咳。」

「我告你妨礙公務。」

「妨礙什麼?」祐辰想都沒想。

「你藐視公權力。」

這也太好笑了吧。

「我不是藐視公權力,我是藐視你。」

祐辰說完,暗暗覺得自己說得眞好。

三人之間的氣氛已到了無法挽回的難堪。

「身分證拿出來!」

「直接吊走啊。」

「我現在懷疑你喝酒!身分證拿出來!」

「來測啊。」

「你那是什麼態度!」

「把車直接吊走嘛。」

心頭發熱,祐辰卻冷淡地白了兩名警察一眼。

很快,祐辰就會知道這一眼的代價。

3

十分鐘後，祐辰坐在派出所藍色的塑膠椅子上。

銬上手銬的右手懸在椅子後背，手銬的另一端扣著有些生鏽了的鐵桿。

「……」他怏怏看著四周陌生的一切。

不合作的態度招來了令人不快的手銬觸覺。

在這個媒體力量越來越大的公民時代裡，警察心知肚明可以用在祐辰身上的法律工具很少，強行安上一個藐視公權力什麼的罪名也很有爭議，一個弄不好，對警察來說也是不必要的麻煩。

不過，這不代表祐辰得到的懲罰就僅僅是一兩張罰單而已。

拎他回來的兩個警察將他銬起來後就逕自去做別的事，走來招呼他的是一個矮矮的眼鏡男警察，瞧他講話的模樣像是小菜鳥似的。

「喝水。」眼鏡男警察遞上一杯溫開水。

「為什麼?」祐辰沒好氣地問。

「等一下要驗尿。」

「幹嘛要驗尿？」

「我們現在懷疑你涉嫌吸毒，要是你拒絕喝水驗尿就是拒絕配合警方辦案，我們加你一條妨礙公務。」眼鏡男警察下最後通牒：「你不想今天晚上在拘留所過夜的話，最好合作一點。」

祐辰板著臉接過了紙杯，在眼鏡男警察的監視下一口氣喝完，然後故意將紙杯揉爛放在一旁。

眼鏡男警察轉身，走到報架旁的飲水機重新又倒了一杯溫開水給祐辰，祐辰只得再把它喝光。喝了一杯又一杯，直到第五杯……

「夠了吧？」祐辰不滿。

「這是規定。」眼鏡男警察沉著臉。

最後眼鏡男總共連續倒了十杯，不想示弱的祐辰一聲不吭地通通喝完，每次喝完都將紙杯整個揉爛。肚子一下子就鼓了起來，有種過飽想吐的感覺。

「在這裡等。」眼鏡男警察看了牆上的時鐘一眼，丟下祐辰走了。

咳。

祐辰嗤之以鼻。

雖然被安了一個倒數計時器在污濁的肺臟裡，祐辰還是不免暗暗覺得好笑。那些經驗老到的警察明明知道他沒吸毒，幹什麼浪費時間在他身上搞什麼驗尿？

驗就驗吧，也不過是賞你們一泡熱尿罷了。

不知不覺，牆上的指針已往前刻動了十七次。

那胖胖的巡警坐在藤椅上看雜誌，略瘦的巡警則在一旁沏茶。

整個派出所裡的警察都很有默契地不理會坐在角落等候「製作筆錄」的祐辰，來來往往，講電話的講電話，寒暄說笑，就是沒有人朝祐辰這裡看上一眼。

無人搭理的祐辰只是瞪著派出所牆上的時鐘。

咳……咳……咳咳咳咳……

八點三十四分。

下腹已經有了尿意。

不是要驗尿嗎？怎麼沒人過來帶他去廁所呢？

越晚驗尿，想必就越晚離開這鬼地方。自己是不想回家，但更不想待在這裡。

然而祐辰悶不吭聲。他知道，一旦出聲詢問氣勢就輸了一截。

他滿不在乎地東張西望，還抖了抖蹺著二郎腿的腳。

今天從踏進醫院掛號後就沒一件事是對的，厄運如高速公路上的連環車禍撞來，現在連牆上指針不斷往前刻動的制式樣態，都變成對生命倒數計時的追逼。

祐辰深呼吸，想像著肺裡的癌細胞恣意侵蝕支氣管的猙獰模樣。

一個月？還是三個月？

姑且算是九十天吧，換算起來還可以做多少事？

「不管可以做什麼事，現在都不應該乾坐在這裡吧？」祐辰看著手銬。

也許這樣抵抗警察的後果，看在過去的祐辰眼中是十分無聊可笑的。完全是自找麻煩，從一開始就知道一點用處也沒有，不值得同情。

但毫不試圖抵抗的話，那種完完全全被擊潰了的挫折感將攪碎他最後的自尊。一個人生只剩下倒數九十天的人，竟然還得承受這種屈辱？免談。

九點。

掌心全濕了。

九點零一分。

尿意已徹底將下腹膨脹開來，躲在鞋子裡的十根腳趾往內揪了起來。

如果膀胱也有表情的話，現在肯定是青筋滿佈了。

祐辰冷眼看著那些渾然不理會自己的警察，嘴角不禁微微上揚。

「原來是這麼回事。」

原來那十杯水的用意根本不是要驗尿，而是想灌爆他的膀胱。

祐辰越想越火大。

現在大聲說要上廁所，諒那些警察也不敢不給去，然而這樣一來自己就落入認輸的境地了。另外也可以想見，祐辰一旦大聲嚷嚷：「我要上廁所！」所有警察仍會繼續他們刻意的不理不睬，放任他再大叫個幾分鐘、或是根本就逼他開口求饒後才會帶著訕笑走過來解手銬。

在過去的三十四年裡，祐辰跟所有人一樣，擅長妥協……偶而也擅長屈服。

但此時此刻的祐辰，執拗得超乎任何人的想像。

九點半。

祐辰的額上滲出豆大的冷汗汗珠。

雙手緊握成拳，拇指與食指中指之間暗暗猛搓。

呼吸變得有些不自然，稍微一動，彷彿膀胱就會裂出血絲似的。

上一次這樣憋尿是什麼時候？

祐辰想起了國小六年級最後一次的畢業遠足，那超級不愉快的憋尿經驗。從台南回到台北竟然只停了一個休息站，最後憋到臉色死白的他跟同學「借」了一個空寶特瓶、才尷尬地在遊覽車最後一排偷偷解決。

「撐住……」祐辰自言自語：「絕對不能讓那些王八蛋得逞……」

十點。

祐辰低著頭，閉著眼，專注地對付著蓄滿悲憤的膀胱。

呼吸變得很緩慢。

眞的很奇怪很不合理，明明只不過是十杯溫開水，爲什麼在過了兩個小時後卻變成那麼巨大的「重量」？滾雪球理論可以用在憋尿的絕境嗎？

下嘴唇被咬出明顯的齒痕了。

莫名其妙莫名

其妙莫名

如果就這麼尿出來，雖然很糗，但那些警察可有得清理的吧？

十點零五分。

人類的自尊心是一件很微妙的東西。

有句話說：「除非你允許，否則任何人都無法將你的自尊奪走。」

也許很多勇士願意犧牲生命捍衛他們的尊嚴，可若扯上了憋尿……

祐辰的眼角滲出了酸酸的眼淚。

還記得祐辰去醫院掛號的原因嗎？連日咳嗽。

現在祐辰每咳一次，膀胱就劇烈震動一次，那種因爲咳嗽不小心滲出尿液的恐懼，令他微微感到暈眩。不得不承認，如果時間可以倒流，祐辰篤定會站起來把車移走……

十點十五。

「你可以走了。」

一個值班女警走過來，解開祐辰掛在藍色塑膠椅後鐵杆上的手銬。

「……」祐辰冷笑，活動一下有些痠痛的手腕，裝作若無其事。

「我們調查清楚了，你可以走了。」女警面無表情。

「調查個屁？」祐辰看著手腕上的紅色銬痕。

女警沒有理會，但也沒有繼續爲難的意思，拿著手銬轉身回到櫃檯崗位。

祐辰摸著手，用非常緩慢的速度巍峨站了起來。

完全站直的那一刻，他感覺到下腹裡至少裝了十公斤的尿液，膀胱跟鉛球一樣沉重，他得非常用力才能裝出神色自若的表情，但仍舊無法掩飾滿身的冷汗。

他倒抽了一口氣。

要去走廊盡頭的廁所解放嗎？那樣算是贏還是輸？

就這麼走出派出所的話，他完全沒把握走到下一個有廁所的地方……

忍住咳嗽的衝動，膀胱瞬間又緊繃了起來。

看了看派出所的門口，又回頭看了看那些作弄他的低階警察們。

「小陳，搞那麼久報告到底寫完了沒啊！」

「那個巡邏單有沒有弄錯啊，怎麼可能我還要出去？」

「喂喂喂茶葉沒了，舉個手，要拆普洱還是烏龍？」

「等一下輪到誰出去？順便幫我買個滷味！」

「過來一下過來一下，你們看一下這個網站，哈哈！」

派出所裡的每一個警察都沒把視線往祐辰身上射來，各自做著手邊的雜事，打哈哈，卻一個又一個掛著似笑非笑的表情。十之八九，祐辰不是受到這種屈辱對待的第一個人，也不會是最後一個人，訓練有素的體制暴力。

忘了在哪一本書看過：「如果放著權力不用，等於沒有權力。」警察這職業或許是這句話最好的負面註解。什麼正義的化身，祐辰根本感受不到。

「如果可以變成隱形人……」祐辰喃喃。

如果真的可以隱形，他絕對要將這群警察揍到半死。

能隱形嗎？

不能。

步履蹣跚離開時，祐辰在派出所門口的傘桶，吐了一口充滿癌細胞的濃痰。

人類跟忍耐之間的關係非常微妙。

在不曉得什麼時候可以上廁所前，人類可以硬生生繼續憋尿下去，可一旦發現了廁所，強大的尿意就會瞬間崩壞忍耐的意志，變得無法再多撐一秒。

用奇怪的姿勢快跑到警車後面的電線桿，祐辰顫抖的手指有些慌亂地拉開拉鍊，不顧路人的眼光就這麼解放在警車的輪胎上。

像狗一樣。

也許這就是那些警察看他的模樣……

4

抽著菸，吹著失去溫度的晚風，眼角的水分漸漸乾了。

膀胱空空如也，祐辰的腳步卻依舊沉重。左手緊緊抓著皮帶下方，下腹有些隱隱抽痛，大概是憋尿過久的後遺症。

路燈灰白色的薄光，將地上的影子越拖越長。

走向便利商店的途中經過一處電話亭，祐辰腳步不停，只是頭垂得更低了。

家裡的老婆女兒想必正擔心他的行蹤。對不起。真的對不起。

心裡越是愧疚，祐辰下意識就越不想回家面對。

也許這是一個重病病人放逐自己的小小權利吧？

忍不住又乾咳了起來。

或許是晚風漸寒，這一次祐辰足足咳了快一分鐘才勉強止住。

「該怎麼跟妳說，我只剩下三個月好活呢？」祐辰茫茫然低著頭。

方琳才國小二年級，還有好多好多的三個月在未來等著她。

突然想到，方琳這幾個月來總是纏著自己說要養小狗，她又撒嬌又哭鬧，說不管是要養多小隻的狗都可以，總之她就是想要有一隻完全屬於自己的小狗，然後一定要叫做達文西，不是那個畫家達文西，而是她最喜歡的那隻忍者龜達文西。

他說不行，當然不行，公寓好小，狗狗沒有足夠的活動空間會不快樂，且萬一小狗很愛亂叫被鄰居抗議的話又得煩惱把小狗送走的問題，屆時方琳妳還得再哭鬧一次。

「養狗啊……一條叫達文西的狗？」祐辰看著地上的影子。

咳。

三個月後，家裡一定會空出很多的空間，也許眞的可以養一隻狗狗了吧。

老婆一個人帶著方琳……再加上一隻狗狗生活的畫面，光是想像就讓祐辰瞬間酸了鼻腔。

人生就是一連串責任的加總。

不過才一個半月前，一個做保險的國中同學來找他，看能做什麼生意。

大家都出社會那麼久了，碰上賣保險的老同學也省下了很多大家心知肚明不必要的寒暄，直接進入你賣我買的主題。當時老同學推銷的是合併醫療險與癌症險的壽險，除了機車強制責任險外什麼都沒保的祐辰很心動，但兩萬八的月薪扣掉房貸跟一些日常生活必要支出後，只剩下三千五百塊錢可以用。

不知從什麼時候開始，祐辰暗暗想換台本田的雅哥很久了，試試2.0的大馬力，聞一聞新車獨有的方向盤橡皮味。每天上班都會偷偷打開本田的汽車型錄，將雅哥新車資料反覆翻閱，車長、軸距、馬力、扭力、油耗乃至所有配備細項都看到倒背如流。白色的好……紅色的也很搶眼。

如果將勉強可稱餘裕的三千五拿去買保險，新車就想都別想了。

一時無法做決定，祐辰皺著眉頭說：「我考慮考慮。」

「還考慮什麼？祐辰，說眞的，保險不是你一個人喜不喜歡買的問題，它是一份責任，一份承擔，也是照顧家人的一種安排。」

「……主要是預算問題。」

「當然是預算問題，只是看你怎麼安排你的預算。」

「我每個月可以拿來買保險的錢不多，我老婆平常又沒在上班。」

「老同學，你可以不買新鞋子，可以不穿新衣服，每個月少看兩場電影，少上一次餐廳，因爲那些都是可有可無的奢侈開銷，但保險不一樣。保險的精神一部分在於你對自己發生病痛的風險評估，更多的意義在於，就因爲你對於你的家庭很重要，是主要的經濟來源，所以你要更愼重幫你的家人評估失去你的風險，如果你生重病，除了收入短缺外，家人還要照顧你，醫療方面也需要一筆……」

雖然自己打心底也認同保險的重要，但祐辰實在很討厭保險業務員將「罪惡感」偷渡在「責任感」裡推銷，暗示如果他不買保險就等同對家人沒有責任感的話術。

最後祐辰多說了二十幾次考慮考慮，只留下了一疊保險資料跟一張名片。

若當時不要被想換新車的慾望給鬼遮眼，毅然決然買了那份醫療保單，現在就可以自私地專注在爲自己傷心難過的份上，而不是爲失去經濟支柱的家庭感到憂心，與虧欠。

記得有天晚上，他發現方琳在書桌前一個人掉眼淚。

「把拔，一百以上的減法都好難喔。」方琳紅著眼：「我可不可以不要學？」

「沒關係，不要著急。」祐辰是這麼說的：「把拔保證，一個月以後妳就覺得很簡單了。」還摸摸方琳的頭，叫她先去睡明天再算。

減法之後，就是乘法了吧。

一個月，篤定來不及聽到方琳將乘法眞正學會了……

一個空啤酒罐大剌剌躺在人行道正中央。

但祐辰絲毫沒有踢它的動力。

5

走回那間便利商店時，車已經不在了，只剩下地上兩行白色的粉筆字。

車牌號碼……幹他媽還有一串拖吊場的電話。

「……」祐辰將抽到一半的菸直接扔在粉筆字上。

那些警察竟然沒跟他說車子已經被吊走？好一個幹你娘賽恁老師。

肚子餓了。

其實兩個半小時前被架進派出所時就餓了，卻一點也沒有想吃東西的慾望。說不定這不是心情欠佳的問題，而是盤根錯節在肺裡的癌細胞在作怪……一想到這個可能性就很不爽。

摸著口袋裡的零錢，祐辰走進店裡買了兩個熱騰騰的蔥燒大肉包。

才咬了一口，不知怎地眼淚就掉了下來。

回家吧。

方琳的聯絡簿還沒簽呢……

招手坐上了計程車，在後座默默地將肉包給吃完，十分鐘後就來到拖吊場。

冷冷清清，看來只有他一個人打算在這種時間拿車。

還沒將證件掏出來，坐在櫃檯後面守夜的小姐板著臉搖搖手。

「我們只營業到十點，明天早上八點後才能取車。」

「只營業到十點？」

守夜的小姐指了指貼在玻璃上的白紙紅字，言簡意賅：「十點。」

「十點以後就不能取車了？咳！」簡直難以置信。

也不是第一次來拖吊場領車了，祐辰還以爲這裡是二十四小時營業的。

「本來是八點，我們已經延到十點了。」守夜小姐翻白眼。

櫃檯後方的電視開著，正重播著衛視中文台的日劇「東京愛情故事」。

「沒車我要怎麼回家？咳！咳咳咳！」祐辰強忍著怒氣，不住地咳嗽。

「你剛剛怎麼來就怎麼回去啊。」守夜小姐一臉干我屁事。

原來是這麼一回事。

那些警察將他無端端扣留到十點以後，就是爲了讓他不能趕在十點前取車？

掛在電視後的鐘顯示現在是十一點零三分。

「我看是不能通融。」祐辰殺氣騰騰地瞪著她。

這句話是「請問能通融嗎？」的三次方突變，除了「把這句話說出來」之外沒有其他功能。

「規定就是規定，要是每個人都跟你一樣，我要怎麼辦？」守夜小姐一邊不耐煩地說，一邊忍不住分神去看電視上的東京愛情故事。

這時正演到永尾完治在家鄉的國小教室走廊柱子上，看見自己過去刻下的名字旁邊，出現赤名莉香剛剛才留下的名字……小田和正經典悠揚的配樂，便在永尾完治瞪大雙眼後天衣無縫地響起。

祐辰出現在劇情最高潮時，可說是一個天大的錯誤。

守夜小姐原本可以一把眼淚一把鼻涕地沉浸在感人的劇情裡，卻被一個語氣不善的男人打斷看日劇的情緒，而且一直一直盧個不停。更讓人生氣的是，這男人一點哀求的語氣都沒有，還一副咄咄逼人的嘴臉……

那就完全沒得商量！

「咳！我的皮包放在車上，我要去車上拿。」祐辰敲敲桌面，沉聲道。

「明天早上八點。」守夜小姐語氣如冰。

「我的錢都在皮包裡。」用意志力煞住了咳，祐辰的臉色更紅了。

「規定就是規定，明天早上八點。」

永尾完治在家鄉跑來跑去，到處尋找赤名莉香的蹤跡。音樂越來越高亢，看樣子隨時都會進入下一個高潮……這個沒禮貌的男人怎麼還不快走啊？守夜小姐心中一定這麼抱怨著。

「我只是去拿一下。」

「就跟你說早上八點啊，這又不是我規定的。」

「車子是我的，咳咳咳咳……我進去拿個東西有什麼不行？」

「我怎麼知道你的車是不是眞的被吊，你進去隨便破壞別人的車我怎麼辦？」

「妳立刻查一下資料不就知道了？」

「我現在的工作沒有這一項。」

祐辰深深吸了一口氣。

守夜小姐的眼睛完全黏在東京愛情故事上面了。

永尾完治在學校足球場上神情落寞地踢著球，踢著，踢著……驀然回首，赤名莉香陽光燦爛般地笑著，大喊著：「完治！」悠揚的音樂再度響起。

「很好。」

祐辰忍住用手拍打櫃檯玻璃的衝動，僵硬地轉身離去。

不能回家。

皮包放在該死的車上，口袋裡的錢只正好夠付計程車錢到這裡。現在唯二能讓他回家的方法，就只剩下打電話回家叫老婆搭計程車過來接他，或是搭計程車到家樓下再按電鈴叫老婆下來幫忙付錢。

「幹……幹……」祐辰的五官扭曲，以上兩種方法都是輸家的行爲模式。

他今天，已經無法再忍受任何的不順利了！

一個月……只剩下一個月……區區的一個月……

走著走著，洩恨似結結實實踏著每一步。

6

爲什麼這些倒楣衰事全在今天晚上爭先恐後攻擊他呢？

這個時候他應該在家裡跟老婆女兒相擁而泣，而不是在這裡獨自吹冷風。

祐辰其實並沒有走遠，只是繞著拖吊場轉了一個好大的彎，等他回過神時，祐辰發現自己一手一腳懸在半空……正在爬牆。

比想像中來得簡單，祐辰從圍牆的另一邊翻進了圍牆的這一邊。

要做什麼？翻進拖吊場想做什麼？能做什麼？

他看著飄在圍牆上的半弦月。

這個半弦月還是個上倒彎，好像是個哭哭的扁嘴。

「都爬進來了……難道要再爬出去嗎？」祐辰咬著牙。

他彎腰駄背，左顧右盼，快速地在燈光昏暗的拖吊場內走來走去，只花了一分鐘不到的時間就發現了他的老裕隆吉利青鳥。大概是帶著得意的微笑，祐辰毫不猶豫拿出口袋裡的鑰匙。

也許他晚一分鐘才找到他的車，後續發展將完全不一樣。

咳，祐辰難以忍耐地咳了一大口。

「你在那裡幹嘛！」

手電筒的強光打在祐辰的臉上，閃得他將眼睛打開一條縫都沒辦法。

大聲叫嚷的正是拖吊場內的管理員。

最安全的地方就是最危險的地方，拖吊場可沒有沿街巡邏的警察，卻有一台又一台沒有車主看管的車子，偶而會有大膽的竊賊翻牆入內，看看有沒有什麼值錢的東西放在車子裡。只要劃破玻璃，就可以輕鬆將車主來不及收好的皮包或零鈔給摸走。

而這個剛吃完宵夜的夜間管理員，想必就是用如此的懷疑，打量著正要打開車門的祐辰。沒有錯，這是個小賊！

「我不是……我是在……咳！咳！」祐辰全身僵硬，連聲音都瞬間凝結。

我在幹嘛？

我不就是要打開自己的車門，然後硬是把車給開出去嗎？

雖然取車的時間不對、雖然進來的方式不對——但貨眞價實這是我的車啊！

「不要動！」管理員大叫，越走越近：「我叫你不要動！」

祐辰的眼睛幾乎被手電筒的強光給刺得睜不開。

強光越來越近，管理員的手似乎揮舞著棒子之類的物事。

居然被當成小偷了嗎？

會挨棒子嗎？

又要回到那一間派出所了嗎？

這手電筒一直照我的眼睛是怎樣？

這是我自己的車啊我買了七年的車啊墨藍色的裕隆吉利青鳥我都有做定期保養啊甚至前五萬公里我都回原廠做保養啊雖然後保險桿有一道撞痕還有右邊的副駕駛座有一點凹下去但實在不明顯基本上還算是車況良好吧過去七年我都用它上下班週末還會載老婆女兒到大賣場去逛一逛有時候心情好也會幫它打個蠟雖然這件事已經很久沒做了是啊最近兩年顧車的心態是有比較鬆懈了但它的的確確被我寵過好一陣子也是我的寶貝最近我想賣掉它去買白色的本田雅哥但在我那麼做之前它就是我的車子毫無疑問絕對是我的車子等一下不立刻我就要把它開回家立刻馬上！馬上！馬上！

馬上！

一股不曉得是憤怒還是過度害怕的情緒，驅動了祐辰僵硬的身體。

鑰匙插進了車門，旋轉，車門打開。

「你幹什麼！」管理員大叫，直接衝了過來。

「我幹你娘！」祐辰將自己摔進車裡，用力將門關上，發動引擎。

在管理員衝向車子之際，祐辰快速倒車，接著以自己從來沒有過的駕車方式在原地打了一個誇張漂亮的半圓，還在地上擦出令人難以忍受的刺耳摩擦聲。

老裕隆驟停。祐辰打到D檔，用力踩住油門！

衝！

老裕隆堪堪閃過了目瞪口呆的管理員，往大門口一路加速。

一連串的騷動也傳到了遠處的門口櫃檯，原本死氣沉沉的櫃檯小姐衝到關卡旁，連哨子也忘了吹，就這麼眼睜睜看著突然暴走的老裕隆往關卡這裡衝過來。

「我要回家！」祐辰大叫，全身每一處都麻了起來。

「！」櫃檯小姐嚇得花容失色。

並沒有如同動作電影裡一拍再拍的畫面那樣，暴衝的汽車衝斷了關卡的護桿。不知道是害怕護桿斷掉那種激烈畫面還是避免後續繁瑣的修復賠償追索問題，驚嚇不已的櫃檯小姐竟自己按下開關，讓橫擋在大門口的護桿快速往上升起。

不斷加速的老裕隆千鈞一髮躲開往上升的護桿，就這麼衝出了拖吊場。

「哈哈哈哈哈哈……哇哈哈哈哈哈咳咳咳咳！」

祐辰哈哈大笑，臉上卻沒有哈哈大笑的表情，雙手緊握著方向盤，全身衣服早已被冷汗濕透：「我要回家！咳！回家！聽清楚了——我要開自己的車回家！」

7

墨藍色的裕隆青鳥在拖吊場前的馬路上暴衝著。

連闖了四個紅燈後，不斷暴漲的腎上腺素已完全主宰了祐辰。

加速吧？

再加速吧？

一種「繼續加速看看會發生什麼事」的罪惡感逆向衝擊著握緊方向盤的手。

自己一定是中邪了……

超過一台又一台龜速行駛的車子，全身發燙。

對時間的感覺變得很遲鈍，對空間的理解力變得異常敏銳，這也是癌症末期的副作用之一嗎？迴光返照？也許這一刻最接近祐辰曾經的夢想：當一個超越舒馬克的職業賽車手，只是場景從專業的賽車道換成平凡的城市街弄。

嗚～～～～～

該說是期待已久、或說是意料之中嗎？警車的鳴笛聲終於出現了。

祐辰從後照鏡看見兩台警車，一左一右。

前來追緝自己的是剛剛那間派出所的警察嗎？

這次被逮回去後，顯然就不會是喝水憋尿那麼簡單的羞辱了。

電影裡常見的將電話簿放在胸口然後再用鐵鎚重敲的橋段，馬上就要發生在自己身上了吧？還是連續二十四小時不讓睡覺的疲倦折磨？還是用拆下的電燈泡電擊自己的腳底板？原來對一個生命只剩下一個月的倒楣鬼來說，還要承受的厄運還沒到極限。

不過，在那之前……

「你們抓得到我嗎？哈哈！」

祐辰從車窗伸出手，往後比了根堅硬的中指：「哈哈哈哈！哈哈哈哈哈哈哈！來追我啊哈哈哈哈哈哈哈咳咳咳！」

這個充滿挑釁的國際手勢惹毛了警察。

三台車在台北街頭亂七八糟地追逐起來，路上的行車與行人都被這三台橫衝直撞的車子給嚇到，紛紛狼狽躲避，還有車子為了閃開互相擦撞、或直接撞上了路邊的電線桿。

整個城市忽然盛開了喇叭聲，與尖叫怒罵。

「搞什麼啊！給我停下來！」

「別跑！賠我！」

「幹我的後照鏡！別跑！」

「靠！剛剛那是傳說中的警匪追逐嗎？」

「王八蛋哪有人這樣開車的啊？」

「幹你娘打電話報警！……咦？後面不就是警車嗎？」

「哇哇哇哇哇我的車差點就被A到了啦！」

不習慣要狠的人，一要起狠來還是得心應手。

沒有發狂過的人，一發狂起來就好像練習了一千次那麼熟練。

不可能有時間思考，肯定是出於初次犯罪的直覺，祐辰並沒有盲目往市郊的大馬路上亂衝，因爲他那台爛車在堂堂大路上一下子就會被馬力強大的警車給追上制伏，所以他一直在說大不大說小也不小的街道上鑽來鑽去。

三台車在市中心的死命追逐造成了好幾次驚險的混亂，幸好現在已經不是交通繁忙的尖峰時刻，但車速太快又都亂開一通，還是險象環生。

一台賣玉米的攤販推車被警車撞翻。

一整排停在路邊的機車如骨牌倒下。

一個機車騎士被嚇到滑進地下道。

無數台汽車爲了閃避這場瘋狂追逐只得無奈地撞上了安全島。

如果雷達可以悉數捕捉這城市的騷動，祐辰就像一個發出紅光的亮點，嗶嗶嗶嗶、嗶嗶、嗶嗶嗶嗶，紅點越來越大，嗶嗶聲越來越刺耳。

「……怎麼會搞成這個樣子？」祐辰不斷重複同一句話。

不曉得連續闖了第幾個紅燈了，千鈞一髮，祐辰急閃過了一對正在過馬路的母女。只是朝那對花容失色的母女那麼一瞥，他的思緒便脫離了眼前的現實……

老婆今晚煮了什麼菜色等他？

其實根本不用猜，老婆就只會煮那幾樣菜。不是炒絲瓜就是炒高麗菜，要不就是苦瓜炒鹹蛋，這樣就可以一併解決蛋的問題。肉的話，大概是昨天晚上那盤沒吃完的東坡肉再拿出來熱一熱吧，今天晚上一定要把它吃完不然下一餐再吃就太膩了。記得冰箱裡還有一條魚……是什麼魚呢？祐辰總是說不出魚的名字，不過今晚餐桌上會有那條魚嗎？糖醋魚是他最喜歡的一道菜，吃不完加熱還是鹹鹹甜甜的很好吃，但十之八九那有點懶惰的老婆會將魚加點味噌煮成魚湯，切點碎豆腐跟蔥花加進去，這樣也是一併解決魚跟湯的問題，有魚又有湯……

「對不起。」祐辰茫茫然對著空氣道歉。

其實自己也搞不懂，今晚為什麼會弄成這個樣子。

自己只是一個平凡無奇的房貸上班族，揹個小家庭，扛點小責任，不大會煮菜的老婆每天跟他吵架，也每天睡前準時和好。錢賺得不多，但總是份穩定的工作，每天上班都遇到讓人心煩意亂的塞車，每次下班又要趕著去接女兒放學……除了今天。

也許跟一般人一樣倒楣，或者比一般人還要倒楣一點點，肺癌末期。剩下短短一到三個月的時光，雖然很悲哀，但理應非常溫馨美好地度過才能扳回一城。是啊，應該跟同事借台家庭錄影機，將自己未來想跟方琳說的悄悄話錄下，陪她慢慢成長。還想買一張卡片寫一些感性的話給老婆，畢竟自己用嘴巴說的話……一句肉麻的台詞也說不出口。

油門輕了。

握方向盤的雙手也鬆了。

完全暴走了的一切，徹底失控了。

只要冷靜十秒想一想，就知道自己的失控很不值得。只剩下三個月的生命是無法改變的事實，除非奇蹟發生，否則再怎麼不能接受，遲早都要面對這個噩耗。

「罷了，停車吧。」祐辰呆呆看著前方。

任性夠了，反抗也夠了，就讓這些警察阻止我的胡鬧與瘋狂吧，想怎麼虐待羞辱我都是我自己該死，要我喝自己的尿也沒問題。得到我應該得到的懲罰後，我只想回家將桌上的菜吃得一乾二淨，然後洗一個澡，在沙發上靜靜地睡上一覺。

正當祐辰想靠邊停車的時候，後車廂上的玻璃忽然爆碎。

祐辰大吃一驚，猛然往後一看。

後面靠右逼近的那台警車裡，一個警察從副駕駛座探出半張臉、兩隻手……跟一把手槍，接著又是重重轟地一聲！

某個快速飛行的金屬物質與車子不曉得哪一處狠狠撞在一起，感覺像是車子的內臟被硬是射入了某個尖銳的重物，機械零件發出唧唧唧唧的悲鳴。

警察**開槍**了？

為什麼可以這樣**開槍**？

……需要**開槍**嗎?!

「不是應該先用擴音器警告我嗎咳咳？」祐辰六神無主喃喃自語，右腳只好更死命地踏著油門：「我什麼也沒做，我只是一個快死的普通人啊！」

立刻，馬上，一瞬間，後座右方的玻璃也碎了。

「嘿……」祐辰劇烈呼吸，右腳像是灌了鉛重重踩著油門。

不行！

停車，無論如何我都要停車，然後雙手放在頭後面……我要回家我要回家我要回家我要回家……祐辰竭力抗拒身體的本能，試著鬆開緊踏油門的右腳。

轟地車子又挨了一槍，祐辰的腳又僵硬了一下。

忽然，一台橫向行駛的計程車從右邊的視覺死角憑空出現，祐辰趕緊將方向盤飛快往左打了一個圈，半個身子都被強大的離心力給壓貼在內側車門。

「！」

祐辰的車驚險避開計程車之際，那台計程車卻被祐辰的危險駕駛逼得打滑失控，撞上了路邊的電線桿，衝力之大令整台車幾乎完全垂直豎了起來。

後面緊跟著祐辰的兩輛警車爲了閃開前方的異變，緊急煞車兼快速迴左，卻因車速太快全都失控相撞。

一台警車在半空中翻了半圈，整個車側狠狠壓在另一台警車身上，再一起用「合體滑壘」的姿態撞上裝在人行道上的變電箱。

祐辰的車徹底失控，直接衝進路邊一間海產店。

門口的大魚缸碎開，水流了滿地，龍蝦、石斑魚、螃蟹、飛刀魚等等散落一地，各自掙扎。店裡圓桌全翻了、裂了、碎了，湯湯水水炒麵碗盤玻璃啤酒瓶亂七八糟，幾個飽受驚嚇的黑衣客人縮站在牆角，看著比他們更倒楣一萬倍的客人躺在微微冒煙的車輪下。

車總算是停了。

說好的安全氣囊根本沒有爆開。祐辰整張臉黏在方向盤上，令車子發出尖銳長鳴的喇叭聲……這可能是這台車僅剩唯一完好的功能。

四周都是人群的倉皇尖叫聲，呼來喚去，在喇叭聲的擠壓下更顯慌亂。

祐辰的意識非常清晰。

雖然完全沒有痛覺，但他猜想肋骨差不多全斷了，大概將肺葉刺穿、血水整個漲滿出來了吧？他有點好奇癌末的肺臟是不是黑得像燒焦的鍋底，流出的血是不是濃濃的黑色？

但他沒有將力氣用在低頭檢視自己的傷勢上。

千眞萬確，在剛剛那一個大迴圈衝進海產店的瞬間，祐辰看見了在對面不知道在賣什麼的店門口，有一台投幣式的公共電話。沒看到有人在用。

祐辰慢慢坐了起來，打開扭曲變形的車門，低著頭走出一片狼藉的海產店。

外面擠滿探頭探腦的好奇人群，爲這一切深感抱歉的祐辰好不容易才擠著擠著擠到了對街，果然剛剛那一瞥沒看錯，這裡有一台公共電話，無人使用。街上擠了這麼多人，都還沒有人想到用公共電話打去報警，大概是想說別人應該早就做了吧？

祐辰翻了翻口袋，幸運地還有兩塊錢銅板。

他拿起話筒，小心翼翼將硬幣投了進去，按下再熟悉不過的一串號碼組合。

電話一下子就通了。可以想見家裡的人有多焦急他的任性放逐。

「對不起。」

祐辰對著話筒，萬分珍惜地說了兩塊錢的長度。

街道上圍觀的人越來越多了。

救護車來了，更多的警車也來了，擔架在店裡進進出出。

記者與攝影機也出現了，幾個事不關己的民眾爭先恐後受訪。

終於，祐辰手中的話筒裡只剩下單調的嘟嘟聲。

Chapter 02

心碎的九九乘法表

1

又出現了。

一張畫滿了斷手斷腳的隨堂測驗紙，用一團衛生紙壓在她的桌上。

黏呼呼的，那團衛生紙沾滿了精液。

據說人類是很容易習慣逆境的一種動物，但這個世界上還是有再怎麼樣也無法習慣的爛事。比如現在。

氣味很腥。

方琳閉住呼吸，用原子筆筆蓋挑起那沱衛生紙，將那團髒東西慢慢滾到隨堂測驗紙的中心，然後戒慎恐懼地將隨堂測驗紙往內折、折、折，直到測驗紙完全包住那沱精液爲止。

深呼吸，像是下定了決心從位置上站起來，方琳往教室後面走去。

這一段四公尺不到的路，走起來像是有四公里。

坐在最後面的高大男孩，摳著下巴上肥厚的大黑痣，不懷好意地打量著方琳。他的名字叫甘澤，從來沒有人教他如何欺負同學，他一個人就能做得很好。

「……」方琳低著頭，將那一沱卑劣的惡作劇結晶丟進不可回收那桶。

「嗨嗨嗨！殺人犯！」坐在垃圾桶旁邊的甘澤咧嘴訕笑：「臉那麼臭，是不是月經來了啊？用哪一牌的衛生棉啊？」作勢要掀方琳的裙子。

方琳低頭快速閃過甘澤的鹹豬手，轉身快速回到自己的座位。

一坐下，四周的同學忽然大爆笑起來……方琳立刻知道自己還是被整了。

她的屁股壓到一團不明的物事，摸一摸，竟然是一團黏答答的白濃液體，還有「剛剛」將液體包住的薄薄衛生紙。現在當然是整個爆漿開來，黏在方琳的裙子上。

一股腥臭的蛋白質氣味衝進方琳的鼻腔，既熟悉又噁心！

趁著方琳走到教室後面丟垃圾時，有人迅雷不及掩耳將新鮮熱辣的精液放在她的位子上。說實話這也不是方琳第一次中這種陷阱了，只是她匆匆回到座位，十次中總有一次忘了再看座位一眼。

是誰弄的？

所有正在捧腹大笑的每一個男生都有可能。或者，大家都輪流幹過這種勾當。

除了……

「喏。」

坐在方琳前面的男生，從抽屜裡拿出用到一半的攜帶型面紙包。

他沒有轉頭。

不知是否不想接觸方琳的眼神，那男孩只是將右手掠過自己的肩膀，將面紙輕輕放在她的桌上。這個輕微的「多管閒事」舉動已是這個班級所能容忍的極限。

她沒有道謝。

她一開口就會哭，只能默默地接受前座同學的好意。

抽出兩張衛生紙，方琳將手伸到裙底慢慢擦拭沾在上頭的穢物。眾目睽睽下裙子沾到同學惡作劇弄來的精液，這恐怕是一個女孩出糗經驗裡的最大值。

但方琳沒有哭。至少眼淚沒有掉下來。

她默默地在心中唸著……

二一二，二二四，二三六，二四八，二五十，二六十二，二七十四，二八十六，二九十八。三一三，三二六，三三九，三四十二，三五十五，三六十八，三七二十一……嗯……三八二十四，三九二十七。四一四，四二八，四三十二……

一如往常，默誦九九乘法表慢慢撫慰了方琳痛苦的心。

四周圍的大笑聲沒有停止。

大多數的人都是發自內心地覺得好笑，從他們笑到擠出眼淚的誇張表情就知道絕對是這麼回事。即便是最能感同身受的其他女生，也只是自顧做自己的事，聊天打屁、一起研究少女服飾雜誌、比較彼此新刺的耳洞，就是沒有人開口聲援方琳。

沒有人，會站在殺人犯的女兒這一方。

……五五二十五，五六三十，五七三十五，五八四十，五九四十五……

如果當初國中稍微用功點，方琳就不會考進這間爛學校了。

這間學校的學生素質是出了名的王八蛋，打架第一，升學率最末，在路上別間學校的學生遠遠看見這裡的學生就會下意識地避開視線，免得惹上麻煩。

一體兩面，凡事都有兩種觀點，對黑道來說這裡可是第一流的明星學校。

很多新興堂口都在這裡招兵買馬，培養賣K粉的下線、招徠賭博網站的學生簽注、收買用來頂替罪嫌的未成年小笨蛋、招募想升級當傳播妹的援交女等等，明著來暗著來，校園裡也分了好多生意跟派系。

校方怎麼會不知情，只是許多不想惹事的老師都視而不見。

這種環境，對方琳來說眞是惡劣透了。

「李方琳！幹嘛那麼快擦掉！我們好不容易才打出來的耶！」

「哈哈哈哈哈要不要猜猜看是誰打的啊？哈哈哈哈～～」

七三二十一，七四二十八，七五三十五，七六四十二，七七四十九，七八五十六，七九六十三。八一八，八二十六，八三二十四……

身處窘境的方琳，一邊默唸著九九乘法表，一邊一聲不吭紅著眼將裙子底擦乾，最後用剩下的兩張衛生紙將那些髒掉的衛生紙給包起來，暫時放在自己的抽屜裡。也只能這樣。直到早自習的鐘響，歇斯底里的哄堂大笑還是無法停止。

「笑什麼笑？一大早有沒有自覺啊！」

一個戴著金絲邊眼鏡的男老師走進教室，對著滿堂大笑開罵。

劈頭就罵的男人是這個爛班的班導師，已經帶這個班一年半了，表面上看起來是個非常溫和的人，罵起人來卻是整間學校最有名的火爆脾氣。

說過了這間學校素質之低享譽黑道，栽培了很多未來混黑社會的主人翁，但就算是最頑皮的學生碰上了這個渾身殺氣的班導師，也沒膽量與他四目相接。

所有同學快速噤聲，卻不由自主將視線都集中在滿臉通紅的方琳上。

方琳低著頭，看著桌上的英文參考書。她很清楚接下來會發生什麼事。

「李方琳！妳又搞什麼了妳！」模樣斯文的班導師竟對著苦主方琳破口大罵：「早自習的秩序都被妳一個人破壞了！站起來！」

方琳慢慢站起。

被作弄的裙子才剛清理好，後面還留下深色的難堪漬跡。

這一站，後面的同學又是一陣哄堂大笑。

「李方琳！」班導師將教室日誌用力摔在講桌上：「妳又鬧！」

「……」方琳低著頭。

沒有辯解。因爲辯解沒用。

要是據理力爭有用……有一點點的有用，上個學期就可以擺脫現在的處境了。

「爲什麼不抬頭看我！有沒有家教啊！」班導師氣沖沖走過來。

「……」方琳沒有道歉，但還是生硬地將臉抬起。

班導師近距離瞪著她，那剛起床的悶臭口氣直接噴在她的臉上：「李方琳，不要以爲殺人犯的女兒就很囂張啊，學校不是讓妳逞兇鬥狠的地方，妳想耍流氓就回妳家去，在我的地盤就要有一個學生的樣子！沒家教！」

坐在方琳前面的男生面無表情地溫書，心中非常不屑……

哪有囂張？

什麼時候逞兇鬥狠了？

根本就不合邏輯，更完全不該是一個老師教訓學生的話，說穿了只是在瞎扯亂罵人，全班都看得出來……但前座的男孩的臉上，連一點點的不認同都不敢表露出來。

在這個班上，「**對正義視而不見**」是最基本的生存之道。

2

若說這個班級是世界上最邪惡一面的縮影。

那麼，方琳就是忍耐邪惡的王。

午餐時間是教室最熱鬧的時刻。

男生狼吞虎嚥一番就衝去操場打籃球，生怕少流了一滴汗。

女生三五成群，將桌子併在一起吃飯，有人一邊聊著蔡依林與周杰倫兩人最新的專輯到底誰比較好聽，有人七嘴八舌討論化妝的技巧，更多人談論網路上的明星八卦。

熱鬧吵雜的教室裡，就屬方琳的角落最安靜。

沒有人想，也沒有人敢來併桌，方琳獨自吃著從家裡帶來的便當。

那是今天一早自己用隔夜飯匆匆做的，經過早上四節課飯菜早已冷掉，只剩下一點模稜兩可的溫度。

通常沒有訂便當的人，就是從家裡帶飯盒到學校去。在第三節課下課時，值日生會統一將這些飯盒一起拿到中走廊旁的蒸飯室，十二點整再統一搬回教室。

關於蒸便當方琳也試過兩三次，但結果不是飯盒神祕消失、就是打開來發現裡面都摻滿了沙子與橡皮擦屑。有一次打開便當蓋還看見裡面被吐了一口濃痰……誰吐的？每一個在這間教室的人都有可能。

一口一口，冷掉的飯菜滋味在齒間慢慢咀嚼著。

每天到了這個時候，孤獨的方琳就會回想這幾年的遭遇。

當方琳國小二年級下學期時，一場「嚴重的車禍」奪走了很多人的命，也帶走了她的爸爸……這是方琳自己的說法。獨一無二的講法。

官方的版本則是：

一名叫李祐辰的中年上班族，因錯過拖吊場的取車時間失去理智，翻牆入內開走自小客車後在市區橫衝直撞，不僅拒絕警方緝捕，更因危險駕駛造成二十多起大小交通事故。

最後在警方英勇的逮捕行動下，於十一點三十一分，車速過快的李祐辰逞兇衝撞路邊海產餐廳，造成八名正在用餐的客人當場死亡，十三人輕重傷，而後又有四名客人在送醫過程中斷氣。兩名員警在追緝的過程中翻車傷重不治，一名員警截肢後轉服內勤。一台老舊計程車翻覆撞上電線桿，司機重傷後成爲植物人至今沒有恢復意識，幸好當時沒有乘客在計程車上……

這是台灣交通史上最嚴重的連環車禍，也是治安史上最令人髮指的公共危險罪行——簡直可以用「邪惡」來形容此一暴行，令多人死傷慘重，更造成多個家庭破碎。

至於兇嫌李祐辰爲什麼會因爲一點點芝麻小事，就大暴走危險駕駛呢？據警方資料，兇嫌下午曾請假兩個小時到醫院耳鼻喉科看診，在醫生告知輕微感冒後便沒有到學校接女兒。依照路口監視器的畫面顯示，李祐辰在醫院旁的路邊停車格待了約兩個小時才走……

兇嫌在那兩個小時裡，窩在那小小的老舊房車上，究竟發生了什麼事？

無解。

毫無意外，這起重大的衝車殺人事件佔據了所有報紙、與當期雜誌的頭版頭條。

動機是破案之母。

然而對李祐辰犯罪的動機眾說紛紜，有人說李祐辰原本就有精神上的問題，有人說當時李祐辰駕駛的汽車恐怕正處於嚴重失控無法煞車的狀態。但更多怪力亂神的八卦雜誌則訪問了幾個掌管宮廟的法師與壇主，那些被冠以大師的靈異人士都言之鑿鑿，李祐辰應該是遭鬼魅附身才會導致行爲錯亂——這個說法最多人相信。因爲那是最有戲劇張力的**不解釋**。

對那一天晚上發生了什麼，年紀尚小的方琳記得很清楚。

剛出車禍的爸爸打了一通電話回家。

「對不起。」

「把拔？」

「方琳，把拔對不起。」

「把拔你跑去哪裡，怎麼都不回家？」

「把拔很想你，很想回去吃晚飯。」

「那你快點回來啊……媽媽在生你的氣。」

「妳功課寫好了嗎？」

「還剩一點點。」

「好乖。」

「把拔你快點回來啦，老師叫我們背一遍九九乘法表給爸爸媽媽聽，背好了你們還要在聯絡簿上簽名證明我有背，不然明天我去學校會被老師罵……」

「那妳背給把拔聽。」

「我要背了喔！」

「嗯，二一二。」

「二一二，二二四，二三六，二四八，二五十，二六十二，二七十四，二八十六，二九十八。三一三，三二六，三三九，三四十二，三五十五，三六十八，三七二十一……把拔，好好笑喔，這個三七二十一就是成語的那個不管三七二十一嗎？」

「對啊，然後呢？三八？」

「三八二十四，三九二十七。四一四，四二八，四三十二……」

方琳一口氣背完了九九乘法表，到最後已是上氣不接下氣。

「把拔，你有在聽嗎？」

「有。」

「那我棒不棒？」

「好棒，方琳好棒。」

「那你快點回來嘛，不過媽媽真的很生氣喔，你慘了。」

「方琳，把拔跟妳說。」

「嗯？」

「不管發生什麼事，不管把拔變成什麼樣的人，妳都要記住把拔現在說的話。」

「……？」

「妳知道嗎，人的一生中，我們會碰到很多很不開心的事，遇到很多很不好的人，但偶而也會發生很好的事喔。」

「我聽不懂。」

「一定一定會有好事發生的，我們就是爲了遇見那些好事才努力活下來的。」

「好。」

「好乖。」

然後電話就斷了。

這些對話她永遠也不會忘記。熟悉到每一個字都會背了。

只是方琳跟周遭大人們提起這通電話的內容時，那些大人就會一臉難以置信。他們起先是驚訝，然後是狐疑，接下來是一連串越來越尖銳的問題……最後是責備她說謊，罵她壞小孩。

「妳爸爸從頭到尾都卡在駕駛座內，怎麼可能出去打電話？」

「妳家的通聯記錄根本就沒有這通電話，妳扯什麼謊？」

「撒個謊有什麼意義？妳爸爸當場就死了！死了！」

只有媽媽什麼也沒說，用力抱著她一起哭到兩個人都沒有眼淚。

漸漸長大以後，方琳每次回想起那通電話還是深信不疑。她沒有說服過自己那是過度思念父親的胡思亂想，也從不認爲自己精神錯亂，更不覺得那是通神祕的惡作劇電話。

爸爸打來的，就是爸爸打來的。千眞萬確。

那麼多年了，大家都說爸爸是開車到處撞死人的大壞蛋，只有方琳深信爸爸只是遇到了很不開心的事。她當然不清楚來龍去脈，電話裡爸爸一個字也沒提到那些不開心的事，所以那些不開心的事一定也不是那麼重要吧……爸爸只是要她專心等待好事發生，還很有耐心地陪她背誦九九乘法表。

悲劇很可怕，可小孩子不加思索的玩笑往往更殘忍。

事件發生後，學校的同學便一直用「妳爸爸是殺人兇手！」照樣造了五千個句子去欺負方琳，方琳生氣地哭了好幾次，也跟同學大吵大打了好幾次架。

學校的老師很保護她，每次都站在方琳這邊、處罰那些用惡毒言語傷害方琳的同學。只是爲了方琳好，老師最後還是幫她轉學到別的學區就讀。

「方琳，媽媽幫妳改個名字好嗎？」媽媽幫她梳頭髮時曾這麼問她。

「不要。」方琳倒是沒有猶豫。

「為什麼不要？」媽媽楞了一下。

「我的名字是把拔取的。」方琳對著鏡子比了個勝利手勢。

媽媽笑了，但也哭了。兩個人又抱在一起。

國小畢業了，國中也畢業了。

漸漸的，周遭的人好像都忘了這個大慘劇的存在。

即便記得，也不可能將「殺人兇手」的女兒名字與其背景記得一清二楚，只要媒體不感興趣，就不會有人突然對殺人兇手的家人產生興趣。

這些年方琳便平平淡淡地度過。

直到……

高一開學的第一天，教室後面的公布欄被貼了一整面牆的當年新聞影印稿。

3

午間靜息，方琳趴在桌上假睡。

桌面上用立可白塗滿了你所能想像的種種嘲笑。

「殺人狂的女兒，一定也是殺人狂！」

「妳爸撞死人，那妳有什麼更屌的計畫？！」

「爲什麼當年妳沒有一起去死啊？？！！」

「史上最有潛力——瘋狂女賽車手即將誕生！」

「我好想幹妳喔！幹死妳幹死妳幹死妳這個殺人兇手的爛種！」

「眞人版碰碰車，碰碰碰碰碰！」

「死一死吧妳這個殺人犯的女兒！」

「妳爸爸把人類當作保齡球瓶撞成全倒啦！」

「殺人償命！去死吧！」

「死！死！死！死！死！死！死！死！死！死！死！死！死！死！死！死！」

每一句話都是用驚嘆號結尾，彷彿句子本身還不夠怵目驚心似的。

這些冷嘲熱諷不管看了幾次都無法處之泰然，方琳費了很大的功夫用刀片刮掉，第二天卻又馬上被塗滿，來來回回好幾次，最後只好任憑這些惡毒字眼如腫瘤般長在桌上。

報告班導師？

班導師只會暴跳如雷地教訓她：「別人的桌子那麼乾淨，爲什麼妳的亂七八糟！到底有沒有家教啊！」或：「妳沒惹別人，別人怎麼會來惹妳？檢舉別人之前，是不是應該先反省自己？回去！」

不管別人怎麼罵，都沒有班導師罵得有殺傷力。每一次每一次，「沒家教」這三個字就像一把尖刀，插在方琳內心的最深處，捅得她心血淋漓。

幾次後，方琳學會了最低限度保護自己的方法，那就是別找班導師幫忙。

不找班導師幫忙，班導師倒是沒放棄過找她麻煩……

禮拜三下午第二堂課到第四堂課都是國文。

國文正好是班導師負責的主科，連續三堂國文課按往例都安排學生寫作。詭異的是，每次作文課命題似乎都衝著方琳而來。

上上個禮拜的作文題目是「罪與罰」與「姑息的代價」兩者擇一。

上個禮拜的作文題目是「我的爸爸」與「如果我沒有爸爸」兩者擇一。

而今天的作文題目則是……

班導師用粉筆在黑板上寫下「如果我殺了人」，頓了頓，然後在一旁又寫下「如果我的爸爸是殺人兇手」。全班忍俊不禁。

「李方琳！妳一定很高分啊！」

甘澤在教室後面蹺著二郎腿大叫，馬上又惹得全班哈哈大笑。

方琳的頭垂得很低很低很低。

二一二，二二四，二三六，二四八，二五十，二六十二……

坐在方琳前面的男同學，不以爲然地看著這兩個題目，心想：這是哪門子的作文命題啊？這不擺明要給李方琳難看嗎？到底班導師對李方琳有什麼不滿，要這樣一直一直弄她呢？

前座的男同學沒有轉頭偷看方琳的表情。

他不忍心。

「一樣，兩個題目選一個。」班導師淡淡地說：「如果我殺了人這個題目，主要是想讓各位善用想像力，試著用內化的思考去反省殺人這種劣行。另一個題目如果我的爸爸是殺人兇手，則是想讓大家討論大義滅親的意義。不要七嘴八舌，專心寫作！三堂課還寫不完的要處罰跑操場！」

大家一陣騷動，顯然還是在討論方琳。還有人噗哧笑了出來。方琳的頭低低，長髮垂落在桌面，沒有人可以看清楚她的表情。細細碎碎的耳語，嘰嘰喳喳的評論，就像近在咫尺的黑色蜂窩。

「安靜！安靜！」班導師用力拍黑板，怒氣勃發：「講什麼話？專心寫自己的，要不然全班一起出去跑操場十圈！」

大家這才安靜下來。

九九乘法表已背過兩輪。半小時過後，方琳的作文簿上還是空白一片。

要寫什麼呢？

「爸爸，你說，我會遇到很多不開心的事，遇到很多很不好的人……但你也說過一定會有好事發生的不是嗎？」方琳看著空白一片的格子，茫茫然唇語：「爲什麼上了高中之後，我連一件好事都沒發生過呢？」

越想越出神，不知不覺一隻手慢慢接近她的背後。

「？」

那隻手迅速拎起桌上的空白作文簿，方琳才猛然回神。

神色冷淡的班導師拿著作文簿，嚴峻地說：「李方琳，妳是不是看不起我？」

「……沒有。」方琳低聲說。

心跳得好快。

「不是看不起我，那這是怎麼一回事？」

「……」

「說啊？」

「我還沒有想好。」

「什麼叫還沒有想好？將來考大學作文的時候妳也可以這麼大方說妳還沒有想好嗎？妳是不是不想考上好大學？還是妳完全不在乎？」

「……不是。」方琳心跳得好快好快，好像快沒辦法呼吸了。

「不是什麼？妳憑什麼不在乎？妳那種瞧不起人的態度到底是怎麼來的？」

「……對……不起。」方琳呼吸越來越困難，使盡全力才勉強吐出這三個字。

「妳跟誰對不起？跟我對不起？妳最應該說對不起的人就是妳自己！妳這樣自暴自棄的態度繼續下去會變成什麼樣子？出去之後別說我教過妳！」

「……」

全班的氣氛變得極爲肅殺。

所有人都知道事不關己，卻同樣被這股強烈的怒意狠狠壓迫。

「很好，妳自認很優秀。」班導師淡淡地說。

「……」方琳想說沒有，但完全沒有力氣應答。

「妳不用寫作文了，妳給我上台。」班導師指著講台的方向。

「？」方琳以爲自己聽錯了。

「上台。」班導師的眼神極爲冷峻。

「我……」

「妳是不是瞧不起我？作文不寫，叫妳上台又不要，李方琳，妳到底來學校做什麼的？上去！」

萬般無奈，方琳慢慢走上講台。

雖然不知道爲什麼要上台，雙腳已微微發抖。

「不寫，就用說的。」班導師雙手環胸，下巴微揚：「兩個題目選一個，即席演講。講得好我就不處罰妳，講不好我就叫妳明天朝會到司令台講給全校同學聽。開始。」

方琳傻了。

全班同學也傻了。

方琳全身火燙，腦袋一片空白。

「在等什麼？等鼓掌？」班導師拍起手來：「好，大家鼓掌！」

全班掌聲如雷。

「好啊好啊！我們很想聽啊！」甘澤哈哈大笑，用力鼓掌。

方琳呆呆地看著眼前發生的一切，這發生在自己身上，惡意如雷的一切。

哭？

如果狠狠地在大家面前痛哭失聲的話，也許會很簡單。

但哭要是有用早就有用了。

既然結果都一樣，徹底的被羞辱被糟蹋，方琳早就下定決心絕對絕對不在這些人面前掉一滴眼淚。問題是，她不過是一個才十七歲的高中女孩，此時此刻尚能夠忍住眼淚已是最極限，若真的開口演講這兩個題目肯定淚水失守。

她就這麼站在講台上，站在黑板上那兩行作文題目粉筆字前。

掌聲斷斷續續。

被凝視，被窺看，被可憐，被取笑。

那天她面無表情呆站了三節課。

4

原來不只是失去爸爸那麼簡單。

無法單純地爲爸爸的早逝感到悲傷，人生還是有很多其他的東西可以失去。

中午沒有人跟方琳吃飯，下課沒有人陪她一起上洗手間，體育課時沒有人跟她一起坐在大樹下乘涼聊天，每一次化學課分組實驗時她總是一個人默默地站在一旁。一個人上學，一個人回家。這就是方琳的高中生活。

比起學校，家裡是溫暖的避風港。

卻也是一個方琳無論如何都不想把「風」帶回去的小港口。

回到家，方琳從沒有跟媽媽提起過學校發生的一切。並不是不想媽媽幫她解決問題，也不是不想讓媽媽擔心。而是不想讓媽媽感同身受她所遭遇的痛苦……一想到媽媽替她難過的表情，她就心如刀割。

這種痛苦，一個人默默承受就可以了。

一個小時前才從大賣場下班的媽媽，正在流理台洗高麗菜。蘿蔔絲切好了，蒜苗也切好了，一顆魚頭在半滾的味噌湯中載浮載沉。電鍋上飄著蒸蒸熱氣，那是家庭號大包裝饅頭的香味——也是明天飯盒裡的一部分。

「學校最近好嗎？」媽媽從冰箱拿了兩顆蛋出來。

「普通。」方琳坐在餐桌上念書，身後正是忙著煮飯的媽媽。

「都沒有特別的事嗎？」

「……我不喜歡體育課，每次都要跑步很累。」

「媽媽以前也不喜歡體育課，現在想起來還是很討厭。」

「所以是遺傳囉？」

「不過我再怎麼討厭還是會去上啊，妳也要多運動……」

母女背對著背，各自做各自的事，卻很珍惜這樣聊天的時光，只要一個人開口，另一個人就會接著搭腔。

等一會兒晚餐過後，媽媽又得去附近的檳榔攤幫人顧攤顧到凌晨兩點，回家的時候方琳早就睡了。媽媽沒有多少時間可以休息，回到家睡沒幾個鐘頭，就要到附近的社區大樓打掃。下午大賣場的排班時間一到，媽媽又得到量販店去幫忙把生鮮蔬果上架。

其實家裡開銷很少，除了房租跟保險以外花不到什麼大錢，媽媽打這麼多工，多半是沒有安全感，畢竟在方琳大學畢業前她得存一筆還能看的教育費用，她可不想看方琳在那邊半工半讀。

將洗好的菜放進炒鍋，媽媽朝後看了方琳一眼。

「要不要去補習？是不是應該加強一下數學？」

「自己念就好了。」

「數學自己念會不會很辛苦？」

「沒關係我沒打算考很好。」方琳拿著螢光筆在參考書上劃線。

媽媽笑了出來。

這孩子脫口而出的體貼總讓她過意不去。

這些年下來，她其實也不奢求方琳的成績優異，她只希望方琳能快樂。

「最近越來越少聽妳說學校的事。」媽媽將切碎的豆腐放進魚湯裡。

「因爲沒什麼好說的啊。」方琳淡淡地說。

「美芳跟妳還好嗎？」

「她好像跟隔壁班的男生在一起了，就我說的那個很高很高的男生。」

「喔？爲什麼說好像？美芳沒跟妳說嗎？」

「大概美芳有點彆扭吧。反正我也不是眞的那麼好奇，等她自己說囉。」

「這樣啊……美芳原來是會彆扭的女生啊。」

「嗯啊。」

「下次請美芳來，我加兩個菜，妳看怎樣？」

「我問問看啦，不過她放學都要去補習，現在又好像有男朋友，兩人世界啊！」

媽媽開始大火炒菜，然後將兩顆蛋陸續敲破打進去一併炒……一口氣解決蛋跟菜的問題。這就是媽媽一貫的風格。

「那妳呢？在班上有沒有喜歡的男生啊？還是隔壁班？學長？」

「都沒有啦。」

「假日如果要跟朋友出去玩，就跟媽說一下，媽偶而也想一個人去逛街喔。」

「好啊，那我約約看。」方琳心不在焉地說。

……那麼，這個禮拜天自己一個人去圖書館念書吧，免得媽起疑心？

還是搭公車去塔位看爸爸？不，媽媽也可能去，如果在那裡撞見就前功盡棄。

就這麼決定吧，去圖書館。祈禱在那裡別遇到任何一個同學。

飯菜好了。

母女倆慢慢地吃，誰也不急著吃完最後一口飯。

此時誰也沒發覺到，日積月累的疲倦已滲透進母親的肝臟，將細胞變形轉化。

一年又兩個月後，母親將因肝癌末期永遠離開這張餐桌。

5

日子一天一天過去，這間學校對方琳的惡意絲毫不減。

對擅長瞧不起人的混蛋來說，能夠欺負方琳的寶貴時間正在一天天消失。

教室空蕩蕩的。

不過才下午第三節課，就有十幾個學生偷溜去參加黑幫大老的公祭。八成的人根本沒有在上課，女生大剌剌將言情小說直接擺在桌上看，一點偷看的偽基本尊重概念都沒有。男生不是在睡覺，要不就是在輪著最新一期的少年快報，最角落的學生乾脆在桌子底下玩起撲克牌。有幾個女生直接將鏡子擺在桌上擠粉刺，交頭接耳下課要去西門町哪間店買更酷炫更長的假睫毛。

「張宗訓。」公民老師依照學校規定，開始課堂點名。

「有。」坐在教室最後的甘澤舉手。

「甘澤。」

「有。」甘澤伸懶腰。

「許國強。」

「有。」甘澤又舉手。

「李群凱。」公民老師的視線僅止於點名簿。

「有。」甘澤舉手。

「張開成。」

「有。」還是甘澤慵懶地應答。

公民老師總算點完了名，一人分飾十幾角的甘澤於是開始睡覺。

這是很微妙的平衡。

老師也不直接點破缺課的人，不找大家的麻煩，可壞學生還是得舉手幫忙缺課的人答有，保留老師殘餘的一點面子。

或許有人會說，這種慣性的交相賊的起點，絕對不是惡劣的壞學生，而是讓惡劣合理化的爛老師——但實情眞是如此嗎？

爲什麼學校裡總是充滿了層出不窮的霸凌事件？奮力抵抗有那麼困難嗎？出手幫助弱小的同學有那麼困難嗎？尋求師長協助有那麼難以啓齒嗎？

很巧妙的，是「時間」姑息了這一切。

「被欺負」當然很慘，可學校偏偏是一個可以精準倒數計時結束這種悲慘的地方，絕大多數被欺負的學生都相信這點。死命地相信這點。只要秉持「一旦畢業，就可以脫離苦海」的想法，就能從絕望裡壓榨出力量——熬下去！這種日子終究會結束！

方琳也是如此信仰。

她常常從教室看著窗外發呆，想像有一天離開這間學校時自己腳下輕盈的踏步聲。考上哪一間大學都好，自己只要別再見到這些混蛋就能重獲新生。

「再過一年兩個月。」方琳喃喃自語：「又兩節課。」

下課鈴響。

喔喔，只剩下一年兩個月又一節課。

最後一節課前是掃地時間，此時最能看出學生之間的食物鏈關係。

眞正在搬桌子灑水掃地的學生都是草食動物，拿著掃帚當刀嬉鬧互砍的學生是肉食動物。而巡邏在走廊上毫不在意將水桶故意踢翻的學生，則是森林之王。

方琳拖地拖到一半，水桶就這麼「一不小心」被踢翻。

不用抬頭，就知道是甘澤跟他的狐群狗黨。

「李方琳，我們剛剛在打賭妳內褲的顏色。」甘澤的腳將空掉的水桶踢到一旁：「我們各賭一百塊錢，我賭白色。」指著兩旁的跟班，許國賢跟王乃強。

「……」方琳假裝沒聽見，將水桶撿起來。

「我賭是卡通圖案。」胖胖的許國賢咧開大嘴。

「我賭沒有穿哈哈！哈哈！」皮膚黝黑的王乃強嬉皮笑臉。

這算什麼爛戲碼啊？

坐在方琳前座的同學正站在一旁擦玻璃，目睹了一切，忍不住皺起眉頭。

「看一下。」甘澤用手掀了一下方琳的裙子，被方琳用力拍掉。

「看一下嘛！」王乃強也伸出鹹豬手，照樣被方琳用力拍掉。

「……」方琳想走，卻被許國賢一把攔住，還「一不小心」碰了一下胸部。

方琳瞪了許國賢一眼，此時已被三個無賴給擋在路中間，進退不得。

……有沒有搞錯，再怎麼說這裡還是學校啊。

「我們這兩年打了這麼多手槍給妳，妳怎麼這麼小氣啊？」王乃強挺著下半身，模仿瑞奇馬丁搖晃起屁股：「看一下會死啊？不然我的也給妳看！」

「對喔，是不是妳嫌我們賭得太少？」甘澤一臉恍然大悟：「那就是我們的不對了！一百塊的確有點看不起人喔？」

「對對對！那我賭卡通圖案五百塊！」許國賢呵呵呵笑。

「我賭白色五百塊。」甘澤伸手撥弄方琳的長髮，方琳嫌惡地將他的手撥開。

「我跟我跟！我賭沒有穿……五百塊！」王乃強繼續搖著屁股，抖動的下半身越來越靠近方琳的裙子。

嘻嘻哈哈，六隻鹹豬手亂七八糟戲弄著方琳，這邊碰一下那邊也偷摸一下，就是不直截了當地將關鍵的裙子掀起來。

方琳冷靜地躲躲閃閃，不哭也不答。比起上個禮拜這三個王八蛋纏著她說要練習「單手解開女生胸罩的技巧」，上上禮拜的主題則是「快點告訴我女生的月經是怎麼回事」，今天的性騷擾算是比較輕微的了。

「如果妳不給我們看內褲，就一個人賠我們五百塊，因爲妳害我們賭不成。」帶頭的甘澤故作生氣，氣沖沖地對著方琳說。

「對啊，一個人賠五百塊。」許國賢聞著剛摸過方琳屁股的手，大力嗅著。

方琳沒有生氣。至少沒有將她的憤怒牽動臉上的任何一條神經。

這兩年下來方琳學會「把難堪的時間硬耗過去」的最佳辦法，就是不要做出這些王八蛋期待的任何反應：哭、鬧、生氣、求饒等等。最好就是像個陌生人一樣旁觀發生在自己身上的一切。

等到這些王八蛋煩了，躁了，膩了，就會停手了……

「喂！妳眞的很小氣耶！」許國賢猛一靠近，在方琳的耳邊用力吹氣。

「因果報應，妳爸爸每殺一個人，就要妳給別人看內褲顏色一千次才能抵掉，妳還不趕快給我們看？」甘澤笑嘻嘻的臉貼近方琳的臉，下巴上的巨大黑痣幾乎撞上了方琳的鼻子：「要不就給錢，給錢啊！」

「我給妳看，妳給我看！」王乃強拉低自己的褲子，露出有點黃黃的內褲上緣：「快點快點，換妳給我看了！」

方琳左支右絀，一下子被推過來，一下子被拉過去。

唯一沒有欺負過方琳的前座男孩依舊在一旁擦著窗戶玻璃，他發覺拿著舊報紙與乾布的手正微微顫抖。玻璃早擦得比空氣還透明，他卻一直沒有離開過這個可以將一切看得清清楚楚的位置。

今天這幾個王八蛋似乎特別有耐性……前座男孩慢慢深呼吸。

這不是他該管的，也不是他有能力管的，管下去的代價更不是他能負擔的。一旦出聲聲援方琳的下場很明顯，那就是從今以後自己也是被拉來推去勒索午餐錢的其中一個。

前座男孩覺得自己很好笑……也很可恥。

自己假惺惺在演什麼內心戲啊？

如果他有膽量阻止那些混帳早在兩年前就阻止了，兩年前不敢，現在當然也不敢。即使自己偷偷地喜歡著這個可憐的小女生也一樣——若眞有英雄救美的戲碼，自己也永遠不會是那個英雄。

方琳眼神空洞地低頭閃躲，一手護胸，一手不斷撥開來襲的鹹豬手。

「要不然親一下好了？」甘澤伸出舌頭，朝方琳的臉上舔去。

方琳驚嚇躲開，卻沒能避過許國賢粗大又濕潤的舌頭，許國賢像舔甜筒一樣貪婪地在方琳的臉頰上留下一道唾沫痕跡。方琳心中感到一陣作嘔。

「我的內褲跟妳換！」王乃強用扭動的屁股狠狠撞了方琳一下，讓她差點摔倒。

「我也要親一個！親一個就不看妳內褲了喔！」甘澤甩動舌頭亂舔。

這些王八蛋剛剛發明出來的、既粗魯又噁心的舉動眞的嚇到了方琳。一想到那口水的臭味會留在臉頰上，她終於露出驚恐的表情……這可犯了大忌！

「親一下啦！這是我的初吻耶歐北鼻！」

「都已經摸過我的精液好幾次了，親一下會死啊！」

「那是什麼表情？我的口水很髒嗎哈哈哈哈！」

方琳飽受驚嚇的表情大大鼓舞了甘澤等人，變本加厲，舔她的脖子，舔她的手，舔她的臉。那些舌頭晃啊晃啊，方琳完全嚇呆了。

去死吧！

你們這些人渣！

抓著乾布的手緊緊捏成了拳頭，糟糕，快失去理智了……剛剛差點就要把那些話給吼出來了。前座男孩的心跳得很厲害很厲害。

不行！絕對不行！快點想想後果……

你這個膽小鬼承擔不起的！

「啊啊啊啊啊啊啊～～～」

倏乎——

忽然一道不該出現的「聲音」，從眾人的眼角餘光中高高地快速掠下。

只那麼千分之一秒的一瞬間，卻因爲聲音極不合理的「高高掠下」運動方向，令所有正在走廊上動作的每一個人，不管是掃地還是在走路還是剛好在聊天，都本能地朝洗手台外的方向看過去。

咚。

沉悶的一聲怪響。

「……」甘澤看向洗手台外。

「……」許國賢看向洗手台外。

「……」王乃強看向洗手台外。

「？」擦玻璃的男孩看向洗手台外。

這裡是四樓。

洗手台正靠牆，樓下是花圃與排水溝，再後面是偌大的操場。

而從洗手台這邊看過去是另一棟平行的教學大樓，那一棟同樣樓高四層的教學大樓的學生們也恰恰朝這裡看了過來。

大家不約而同向牆靠攏，把頭探出去，往下尋找黑影下掠後的歸處。

大概有幾百人同時發出尖叫。

尖叫聲越來越高亢，幾秒後簡直就是歇斯底里的千人大合唱。

那黑影是個人。

一團用血肉模糊也無法精準形容的，極致的血肉模糊。

詭異的是，那團血肉模糊位於操場的正中央，四周根本沒有大樓可以「讓這麼一個人從高處墜落」的物理條件。所以是……

仰望天空。

沒有飛機經過，也沒有飛機經過時劃破雲霧所留下的淡淡白痕。

那麼這個人到底是從哪裡的高處飛速墜落？

更高的天空？

天空之上更高的……什麼地方？

那「墜落物」落下的時候好像還在尖叫，雖然只有一瞬間，但很多人都確實聽到了吧？那扯破喉嚨的慘叫聲是從上而下的過去進行式，這也是很多人的耳朵可以共同印證的吧？

說到墜落。

下墜的力道極爲驚人。

PU材質的地板凹陷了一大塊。屍體的呈現就像一隻剛吸飽鮮血的蚊子被雙掌猛力擊中的爆裂感，當時正在操場上打籃球的八十七名學生，每一個人的身上都沾到了屍體的肉末碎塊，無一倖免。

不規則形狀的血水在綠色的籃球場上張牙舞爪，血珠噴濺至最遠處，竟是當時正趴在四樓洗手台邊看好戲的許國賢與甘澤的臉上。血還是溫的，黏黏的。

對了，那聲響。

據說那撞擊地球表面所發出的怪異巨響，讓當時每一個正在打籃球的學生都耳鳴了三天，那到底是從多高的地方墜落才會撞擊出這麼恐怖的聲音？在此之前，沒有人知道「人類」撞擊地球表面所能發出的聲音聽起來像什麼。一個一個追問那些耳鳴的學生，卻沒有人能貼切地用比喻法去形容這樣的聲音像什麼？接近什麼？

所有人都議論紛紛。

這場光是用「突如其來」也無法形容其詭譎突兀程度的「意外」，目擊者太多了，每個人都有參與到這慘烈又不可思議的一幕，氣氛很是熱烈。

人性是很可怕的，雖然一開始氣氛很恐怖，但一陣尖叫過後很多人竟然都笑了。很多人趕緊用手機拍下恐怖的畫面，更多人用「天啊！這輩子我竟然可以看到這種畫面！真的是太經典了！」如此字眼來形容，幾乎每個人都拿起手機打給親朋好友、用興奮的語氣將怪事傳述出去。

操場邊擠滿了圍觀的群眾，鬧哄哄的，手機內建相機的快門喀嚓聲不絕於耳。

方琳意外得救了。

總算找到比性騷擾還要有趣的事，甘澤等三人當然第一時間就衝了下去。

「借過借過！幹借過一下！」甘澤哈哈大笑：「太酷了吧！靈異現象耶！」

許國賢不時抬頭看天空：「到底從哪裡掉下來的啊？」

在人群中擠啊擠的，王乃強只敢睜半隻眼：「該不會是從飛碟吧？」

三個人越擠越近，終於來到屍體直接命中操場的核心區，圍觀的人七嘴八舌，大量的、沒有根據的、天花亂墜的猜測氾濫成災。

「哇靠，這是我們學校的制服耶！」

「真的是我們學校的耶？哪一班的啊？」

「幹超恐怖的！比撞火車還恐怖！」

「惹誰了啊他？是被黑道處決嗎？我在小說裡看過，這叫拋刑。」

「黑道哪有可能做到這種程度啊，而且……從哪丟啊？」

「警察怎麼還沒來啊？該不會都沒人報警吧？」

「我好想吐……血的腥味好重喔。借過借過我要吐了嘔……嘔……」

「會不會是……被直升機丟下來的啊？剛剛有人聽到直升機的聲音嗎？」

「那個白白的是腦漿嗎？好像豆花喔……」

費了好大的勁，三人終於來到了屍體旁邊。

「完全爛掉了……超酷喔，可以死得這麼炫算你厲害啦！」甘澤嘖嘖稱奇：「有多少人可以死得像巨星？眞的是太帥了你！」

「不可以亂說話啦，對死者不敬會有報應的。」靠那麼近，王乃強感到一陣毛骨悚然，雙腿還有點發軟。

「幹還不敬咧！快點幫我跟它拍一張，快快快！」甘澤將手機拿給許國賢，快速蹲在屍體旁邊比了個勝利手勢：「快啦！不然大家都要學我！」

許國賢拿著手機，發抖地按下了快門。

該不會因此拍出靈異照片吧？許國賢感到下腹一陣哆嗦。

「你手震超明顯的，幹再一張！」甘澤嚷嚷，賴在屍體旁繼續比YA。

喀嚓。

多此一舉的救護車來了。

不得不來的警察也來了。

最想來的記者當然也來了。

「不明墜落物」……或者該說是「死者」？其身分一下子就查了出來。

雖然五官早就摔成了零碎紛飛的爛泥，可死者正好穿著該校學校的制服，制服上棕色的學號與姓名清晰可辨：

二年六班，甘澤。

6

三天了。

DNA檢驗需要七天的時間，但……

指紋比對只需要十分鐘的時間，如果「需要比對的所有手指」都在的話。

從高空墜落在操場上的屍體，指紋並沒有因巨大的衝擊而粉碎，一經比對，竟然與甘澤完全吻合。不只是大拇指，而是所有還能在現場找到的手指指紋全數吻合，血型也一樣，AB型。

現在的科技技術還能進一步做到的，就是比對兩者的DNA序列了吧。

再等四天，就能知道這個穿著甘澤制服、擁有甘澤所有指紋的屍體，究竟是不是甘澤本人的——這個懷疑與假設實在矛盾到了極點。

又是國文課。

作文題目是：「校園霸凌之我見」、「論孤獨」兩者擇一。

桌上作文簿空白一片，甘澤呆呆地坐在教室後面，眼神空洞得像一個死人。黑眼圈很深很深，額骨的輪廓比平常突出許多。

「不要想太多啦！你人好好的坐在這裡，哪有時間去死，對不對？」

許國賢用力拍拍甘澤的肩膀，但許國賢的眼神也充滿了古怪。

這三天死黨王乃強完全不敢靠近甘澤，遠遠見了他就快步走開。班上其他同學也一樣，對「邏輯上應該不存在於這個世界上了」的甘澤避之唯恐不及，只敢從遠處評論這位全校的焦點人物。

不只班上，隔壁班，隔壁的隔壁班……全校每一個人都在談論那具屍體，以及受到屍體詛咒的甘澤。記者蜂擁而至，不管是電子媒體還是報章雜誌，都為這具從天而降的屍體寫了七、八個版本的靈異傳說，當然也訪問了被當作巨星的甘澤。

不，不是被當作巨星。

——是被當作一具暫時還保持說話能力的屍體。

沒有人比主角甘澤還要恐懼。

當甘澤被帶到警察局做筆錄的時候，接觸到了其他同學沒辦法接近的詳細物證。那件繡了甘澤學號與姓名的染血制服，還有一個令人不寒而慄的小特徵。

當初幫甘澤把名字繡上去的裁縫店，由於習慣了繡三個字的制服，並沒有將學號上的橫排空間均分成二，而是依照繡三個字的方式將甘澤兩字繡在前頭，後方卻還留了一個足以容納一個字的空位，整體看起來比例有點失衡。爲此甘澤感到頗爲不爽，還用這個理由向失手的裁縫師父殺了二十塊錢。

而那件穿在爆裂屍體上的制服，姓名正是那樣的不均衡繡法。

當甘澤注意到這個小細節的時候，幾乎當場尿了出來。

「你先回家，我們會查清楚這是什麼樣的惡作劇。」

警察向甘澤這麼保證的時候，神色語氣都充滿了毫不掩飾的敷衍。

這三天下來，甘澤沒睡過一秒鐘。

他深怕自己一旦睡著就會變成那具從高空墜落的屍體，每次一出現睡意彷彿就出現雙腳懸空的幻覺。聽起來很蠢很不合理，但對當事人來說這是多麼深刻而巨大的壓力。

超高調摔死在眾目睽睽下，又活生生得意洋洋地與自己的屍體合照……

即便是最厲害的魔術師也無法辦到吧？

甘澤會魔術嗎？

不會。所以篤定是被詛咒了。

甘澤去五間大廟宇拜拜，蒐集了七個香火袋，兩個媽祖、三個觀音、一個關公、一個濟公，眾神團聚在他的脖子上。收了兩次驚，乖乖喝了兩天的符水。即使不信教也學會時不時在胸口劃十字架。光昨天就上了兩次學校輔導處的心理諮商。

甘澤的精神狀態已瀕臨極限。

「我想起來了，當時噴在我的臉上……那滴血……」甘澤呆呆地看著坐在隔壁的許國賢，指著自己下巴上的大黑痣：「是黑色的，軟軟的。」

「你在說什麼啊？」許國賢渾身不舒服。

「好像就是這個觸感。」甘澤神色呆滯地戳著大黑痣，戳著，戳著。

「喂……就說了你別想太多啦！」許國賢皺眉，語氣不悅。

這三天以來他不斷忍耐著精神不穩的甘澤，耐心也快被磨光。

「我記得我不是擦掉……我是用手指……用手指彈掉的……」甘澤繼續陷在三天前的回憶：「彈掉的，是這個軟軟肉肉的觸覺……對，就是……」指甲在臉上的大黑痣上留下明顯的指痕。

「……」許國賢不知道該怎麼回應，只好裝作沒聽到。

「那個DNA……還有四天……」

「？」

「萬一眞的是我，我該怎麼辦？」甘澤的指甲一直摳著那顆肥痣，越來越用力，簡直就是想把它給硬摳下來似的：「DNA……幾百萬人中才……」

「哪有可能！」

許國賢翻白眼，一臉的不屑。但許國賢心中卻打定主意，如果DNA檢測報告出爐發現那具屍體跟甘澤是「同一個人」，自己絕對要離甘澤遠遠的。

越遠越好……萬一厄運也會傳染就糟了！

「如果是呢如果是呢如果是呢？」甘澤的五官扭曲，黑眼圈瞬間更深了。

許國賢不再理會。

大家振筆疾書，卻都偷偷地用眼角餘光偷瞥坐在最後一排的甘澤。

每個人都很納悶，眞不曉得甘澤爲什麼還要來學校上課？像他那種壞學生應該趁機要求請病假在家瞎混才是，幹嘛要來學校驚嚇大家呢？難道連甘澤那種不把人看在眼裡的混混，也會害怕一個人獨處嗎？

「李方琳！妳今天値日生是怎麼當的！」

班導師又在對方琳咆哮了。

眞了不起，或者該說是眞不可思議？當全班甚至全校的焦點只集中在活死人甘澤的身上時，班導師還是固執地針對方琳一個人暴怒。

「走廊上的花盆都沒有好好對齊，粉筆灰也沒清乾淨，還有……妳看看？粉筆剩這一點屁股幹嘛不丟掉？妳午間靜息的時候都在做什麼啊！不要把妳在家裡那一套拿來這裡，學校有學校的規矩懂不懂！」班導師罵了一大串，眼睛卻在檢查方琳的作文簿內容，看是不是還能罰她去站講台。

甘澤呆呆看著方琳因緊張而縮起來的背，喃喃自語：「一定是這個臭女人。」

「？」許國賢不明究理。

「對，一定是這個臭女人害我運氣變差的……」甘澤的肩膀抽動。

雖然絕對不相干，但這種時候也只能順著甘澤的話講，許國賢隨口胡說：「對啦，那天就是她不給你看內褲，所以才詛咒你的。」

「對，一定是……」甘澤的喉頭鼓動。

「好了啦，我看你睡一覺就沒事了。」許國賢越說越小聲。

「臭女人……帶賽……帶賽的臭女人，好好……好……還是個殺人犯養出來的臭女人……想害我？要怎麼害我？哈……告訴妳我可不是好惹的……」

「……」

許國賢發現，甘澤凝視著方琳背影的眼神充滿了扭曲的憤怒。

他打了個冷顫。

7

講台上的作文簿堆了一疊。

放學的鐘聲響起，教室裡的所有人迫不及待收拾書包，用衝刺的速度離開。好奇心歸好奇心，議論歸議論，沒有人眞的想跟甘澤處於同一空間太久。連過去如膠似漆的王乃強跟許國賢都一副「放學後有緊急事件待處理」的樣子匆匆丟下甘澤，連聲明天見也沒有。

教室淨空。

一聲不吭的甘澤坐在教室最後一排，猶如一個充滿負面能量的黑洞。

「他要幹嘛啊？」方琳心中嘀咕。

身爲値日生，無奈的方琳只得將黑板仔細擦了一遍，用抹布沾濕把黑板溝槽裡的粉筆灰清乾淨，再將有點凌亂的桌椅大致排好。最後將講台上整疊的作文簿依照學號排好，放在班導師的桌子上。

差不多就是這樣了吧？

將課本與鉛筆盒放進書包、正要將電燈通通關掉的時候，甘澤還是坐在教室後面如兇神惡煞般瞪著她。方琳遲疑了一下……電燈跟電扇還是等最後走的甘澤自己關了吧？

不……還是自己等甘澤出教室後再走，免得最後走的甘澤惡意將教室弄得亂七八糟，明天又害自己被班導師臭罵一頓？甘澤那混蛋一定會這麼做的。

方琳瞥眼見到甘澤。不，不想。不想跟那種人共處一室那麼久。

不管了，明天的事明天再說吧。

正當方琳揹起書包要走的時候，甘澤突然大叫：「李方琳！妳搞什麼鬼！」

「！」方琳嚇了一大跳，半張臉瞬間麻了。

甘澤慢慢站起來，將教室的後門關上。

這不是平常的**惡作劇**。

……甘澤的眼神流露著沒有底線的瘋狂，一步一步走了過來。

一邊走，一邊沿步將所有窗簾都拉了起來。

「你幹嘛？」方琳警戒地看著甘澤。

這短短三個字恐怕是這一年半來，方琳第一次開口跟甘澤說話。

甘澤將前門關上。上鎖。

爲什麼要關門？上鎖？窗簾通通都拉上又是怎麼回事？

甘澤的肩膀抽動。

這一刻方琳寒毛直豎。

「李方琳，我知道了……是妳搞的鬼。」

刻在甘澤眼窩上的黑眼圈，像是要將他理智吞沒般越來越深。

此時從甘澤口中吐出來的話，猶如班導師惡意針對方琳的胡扯翻版。

「我要回家。」方琳快步走向後門。

才走兩步，方琳便覺後腦一陣劇烈的暈眩，往前踉蹌跌倒。

暈眩消失，取而代之的是一團火焰在方琳的後腦杓快速燒了起來……好痛！

好痛！

剛剛是甘澤打的嗎？他瘋了嗎？

倒在地板上的方琳可沒時間惱怒甘澤的無禮舉動，她馬上得面對的是……

「李方琳！」

甘澤蹲下，快速揮下第二拳。

這次直接、正面、完全沒有保留地砸中方琳的臉。

方琳還來不及閉上眼睛，後腦就重重撞上了後面的地板。

「告訴我妳是怎麼辦到的！不說！別想我會放過妳！」

砸！

甘澤完全失控了，根本沒有讓方琳有回話的機會，第三拳、第四拳、第五拳狠狠打在方琳的臉上，將方琳驚恐的尖叫聲通通給打回她的嘴巴裡，只剩下含糊不清的呻吟。

「……」方琳視線模糊地看著甘澤。有兩個……兩個半甘澤？眼睛也挨揍了嗎？還是腦部受到了重擊？方琳迷迷濛濛地想著。

然後是第六拳，正中鼻樑。

咚！

方琳的後腦再度敲撞在地板上。

「妳爸爸當初殺了那麼多人……妳現在也想有樣學樣……對吧！」甘澤用力扯住方琳的頭髮，惡狠狠地說：「說，妳到底想怎樣？想對我做什麼！」

「我……不要……」方琳害怕得連哭都忘了。

「妳不說，妳當然不會說……不然我知道以後，妳就不能那樣那樣對付我了哈哈！」逞兇的甘澤竟露出異常恐懼的表情，足見他的意識已混亂不清：「沒關係，我先殺了妳，這樣妳就不能對付我了！」

第七拳與第八拳間隔一秒重重落下。

這裡是四樓，是這棟教學大樓的最頂樓。

如果沒有非常特別的事，否則其他樓層的學生不可能往上走動，有時就算工友也懶得爬上來巡樓，隨便廣播呼籲同學快點回家便了事。如果同一樓層的其他班級學生沒有恰巧經過這間教室，就不可能發現方琳面臨的危險。

機率？

放學鐘響後已十五分鐘了，對一間跟升學主義完全無關的學校來說，學校外面的世界充滿了各式各樣的吸引力，這一層樓還有其他學生走動的機率近乎於零。

該絕望了嗎？

鼻腔蓄滿了濃稠的鮮血，不時倒灌，嗆到令方琳快要無法呼吸，更別提大聲呼救了。話說若眞的大叫起來，甘澤更狂暴的拳頭馬上就會將她打昏。

模模糊糊的視線中，她看見了難以置信的畫面。

甘澤將褲子脫下，也將方琳的內褲從裙子裡硬扯了出來。

「原來是白色的。」甘澤將內褲丟在一旁，憤怒低語：「如果妳那天給我看內褲就不會發生這種事了！妳要我死！我就要妳死！」

？

「妳那是什麼眼神？我說要妳死！」

在說什麼啊？　在說什麼啊？在說什麼啊？在說什麼啊？在說什麼啊？在說什麼啊？在說什麼啊？在說什麼啊？在說什麼啊？在說什麼啊？在說什麼啊？在說什麼啊？在說什麼啊？在說什麼啊？在說什麼啊？在說什麼啊？在說什麼啊？

方琳的眼淚奪眶而出。

接下來要發生的事，跟自己想像的一樣嗎？

甘澤的臉貼住了方琳的臉。

那顆又醜又肥的黑痣黏上了方琳的鼻。

下體被粗暴地撐開，澆灌上猛烈的極灼熱。

痛。

好痛。

小腿被什麼東西給抓住、機械式地拉開，毫無防備的陰戶就這麼被撕裂。

絕對不要睜開眼睛，絕對不想記住他的臉。絕對不要……

二一二，二二四，二三六，二四八，二五十，二六十二，二七十四，二八十六，二九十八。三一三，三二六，三三九，三四十二，三五十五，三六十八，三七二十一……

方琳打了一個冷顫。

「三七二十一……」方琳閉著眼睛，彷彿又聽見了那通電話。

黏膩的汗水滴在她的臉上。

堅硬的憤怒下體撞擊著她的陰戶。

三八二十四，三九二十七。四一四，四二八，四三十二，四四十六，四五二十，四六二十四，四七二十八，四八三十二，四九三十六。五一五，五二十，五三十五，五四二十，五五二十五……

「方琳，把拔跟妳說。」

「嗯？」

「不管發生什麼事，不管把拔變成什麼樣的人，妳都要記住把拔現在說的話。」

「……？」

「妳知道嗎，人的一生中，我們會碰到很多很不開心的事，遇到很多很不好的人，但偶而也會發生很好的事喔。」

「我聽不懂。」

「一定一定會有好事發生的，我們就是爲了遇見那些好事才努力活下來的。」

「好。」

「好乖。」

好事呢？

把拔，你答應的**好事**呢？

方琳不怪爸爸。

意外的很歉疚。

歉疚著自己沒能如爸爸約定地遇見好事。在另一個世界遇見爸爸的時候，爸爸一定非常非常的抱歉吧。其實不用啊爸爸，是我自己的運氣不好。

緊閉的雙眼，再睜開的下一刻就是自己的死期了吧。

——總希望在死之前，能對這個欺負自己一年半的超級王八蛋……

施展憤怒！

忽地下體一陣哆嗦。

不，是纏趴在自己身上的那塊邪惡肉體發出了堅硬的哆嗦。

一股強大的熱氣在飽受侵略的陰戶間沸騰開來。

猶如一座巨大的火山在方琳的胯下大爆發，鮮紅的處女之血化作熔岩與灼漿，以遠遠超越光速、超越五感所能體驗的極速度噴射出來——

觸感消失了。

被粗暴撐開的下體，頓時失去了屈辱的充實感。

沒了。

不見了。

空蕩蕩的。

許久。

方琳緩緩睜開被打腫了的眼睛。

臉上兀自殘留著那噁心的汗水。

鼻子上彷彿還有那顆肥痣留下的壓印。

疼痛的下體連一滴白濁液體也沒留下。

甘澤消失了。

「……」方琳看著天花板。

一動不動的懸吊式電風扇葉片，靜靜地，孤獨地停留在她視線裡。

8

距離那聲震撼全校的巨響，第七天了。

DNA檢測結果出爐，死者確實是甘澤。

但甘澤消失了。

或者應該說，另一個「還活著的甘澤」消失了。

沒有回家，也沒有來學校。沒有任何人看見甘澤的行蹤。鄰近學校的每一台監視器都沒有拍到甘澤的身影。他在線上遊戲裡慣常使用的兩個帳號都沒有人動過，巴哈姆特網站的帳號也無人登錄。

去了哪？

還能去哪？

警方鋪天蓋地搜尋了一個禮拜都沒有發現。

「說起來也……該怎麼說呢……既然有這份DNA比對報告……」

負責找人的警察看著甘澤在學校的空位，又看了看手中的檢驗報告，說出似是而非的結論：「這孩子就是死了吧？兩個禮拜前就跳樓死了不是嗎？」

絕對是硬幹到底了。

也絕對是合情合理，**百分之百證據確鑿的結案**。

再五分鐘就放學了，不少人開始偷偷收拾書包。

前座的男孩暗暗替方琳感到高興。

幾天前從樓梯「失足跌倒」的方琳，臉上的重傷好了泰半，心情多半也因此變好了吧？心思纖細的男孩感覺到坐在後面的方琳有了一點點的不一樣。

或許比一點點還要再多一點點吧，總之是好事。

今天整整八節課，方琳一直一直往教室的最後面偷看。

看著許國賢，露出甜美芬芳的微笑。

Chapter 03

背包客旅行的意義

1

呂旭大今天特別刮了鬍子。

理由是什麼，他自己也不十分清楚。尤其今天要與他見面的並非女性。

由於太久沒刮，手澀了，生鏽的刮鬍刀在左臉頰上留下了一道傷口，他簡單用肥皂水清理一下。破傷風他倒是不怕，最後只用ＯＫ繃隨意貼上了事。

大中午的陽光將每個人腳底的影子壓縮到極短。

捷運大直站附近公車站牌下好幾張長長的候車椅，滿身大汗的呂旭大挑了最右邊的位置坐下，將笨重的登山背包放在腳邊，打開拉鍊，背包裡滿滿的都是乾糧與礦泉水瓶。

呂旭大旋開了一瓶，將溫溫的水灌進喉裡。

七個禮拜前，博詡自殺了。

所有的罪惡感只剩下他一個人承擔。

意外難免，病痛也難免。

如果博詡是被一輛酒醉駕駛的砂石車給橫腰撞爛，或是被從天落下的花盆給砸死，或是得重病給現代醫學凌遲死，呂旭大的感覺會好很多。

可偏偏是自殺。

嘴角還殘留著水沫，呂旭大看著手中空空如也的礦泉水瓶，持續他最擅長的發呆。

這發呆的習慣已經持續練習了整整二十三年。

發呆的一片空白中，博詡那躺在紅色浴缸裡的想像畫面又出現了。

雖然已經二十三年沒交談了，但……博詡大概是認為，自殺也是對「那件事」一種負責任的表現吧？既然博詡以死清償了他該負擔的那一半，那麼剩下的一半理所當然全壓在自己身上。

是這樣的吧？博詡……

約定的時間到了。

呂旭大遠遠就看見老鄧走過來，老鄧也是一副全副武裝，登山防水鞋、防曬帽、裝滿各種求生小道具的多口袋背心、脖子上還掛著一架徠卡望遠鏡。有點離譜的是，手裡還拎著一件笨重的GORE-TEX材質的軍用禦寒外套。

而老鄧肩上的背包整整比呂旭大的要紮實兩倍，顯然裡頭裝載的補給品也是多了兩倍，空間是壓縮再壓縮，搞不好裡頭還有一頂伸縮帳篷。

「嗨，學弟。」老鄧熱情地打招呼。

「……學長。」呂旭大沒有站起。

「護照帶了吧？」

「爬山爲什麼要帶護照？」

「那帶了吧？」

「帶了。」

同樣滿身大汗的老鄧打量著呂旭大準備了一夜的裝備，似乎有點不大滿意。

「學弟，你好像有點太輕視了……等一下要發生的事。」

「我其實一直搞不懂要帶多少東西。」呂旭大老實地說：「我還以爲這樣已經很足夠了，有缺的話到當地再買也行吧？」

「或許很足夠，但……」老鄧指著自己肩上的背包：「就算是準備到我這種程度，還是很可能撐不過去。你啊……果然跟第一次體驗時候的我一樣輕率。」

「到底是要體驗什麼？」疑惑的呂旭大問了跟上個禮拜一模一樣的問題。

而老鄧的回答，也是跟上個禮拜的答案一模一樣。

「哈哈，我還眞的不知道你會體驗到什麼……」

2

對呂旭大來說，老鄧是一個非常神奇的人。

老鄧大呂旭大五期，老早就從一起共事的大醫院退下，自己在林森北路開了一間婦產科診所，生意興隆，積攢了很大一筆錢。可惜在歐洲金融風暴的時候股票跟基金賠了七七八八，小他六歲的老婆也莫名其妙外遇……還是跟小孩的數學家教，那數學家教還是個大學生！老鄧問小孩要跟爸爸還是跟媽媽，小孩說，他比較喜歡家教老師，因爲家教老師會陪他聊天……

窩囊到了極點的人生，老鄧選擇了呑藥自殺。

好笑的是，老鄧跟那些想自殺又不想眞的自殺的膿包一樣，在呑藥以後一把眼淚一把鼻涕打電話給好友一一道別，搞得警察破門而入，將他扔進醫院裡洗胃，整整躺了一個禮拜才出院。

出院後，老鄧有好一陣子不見人。

正當大家都以爲老鄧偷偷溜進深山裡上吊時，老鄧出現了。

像是脫胎換骨，老鄧容光煥發地在原址重新開業，還娶了一個嬌滴滴的越南新娘，這次一口氣小他二十三歲。偶而老鄧還是會大玩失蹤遊戲，誰也不曉得他跑到了哪裡，可隔一陣子老鄧又會出現在大家面前……風塵僕僕，帶著無比神祕的笑容。

博詡的告別式上，老鄧也出現致意。

眾人輪流上台致詞的時候，坐在老鄧旁邊的呂旭大忽然重重嘆了一口氣：「老鄧，眞羨慕你又重新活了過來。」

「……」老鄧瞇著眼，打量著這個滿臉愁容的小學弟：「……羨慕啊？」

那眼神像是兩把磨光的刀，直接穿進呂旭大因連日失眠而失焦的雙瞳。

「怎麼，不能羨慕嗎？」呂旭大有點不自在。

「學弟，你覺得……呵呵，生命爲什麼有意義？」老鄧竟然在嚴肅的告別式上笑了出來。

只是一個連國小生也會脫口而出的問題，就讓呂旭大整個人如遭電擊。

這個問題，曾幾何時是呂旭大最常拿來「盤問」病患的利刃。

比起盤問，呂旭大更喜歡提供另類的解答，而現在……

「我不知道。」他老實地說，其實也不想繼續討論下去。

「我也不知道。」老鄧兩手一攤。

「?」

「以前的我自以爲知道，現在的我反而不確定了。」老鄧像是逮到了機會，叨叨絮絮起來：「應該說，生命的意義是什麼我他媽的根本不在乎，只是我很清楚知道——活著是多麼快樂的事！」

「嗯。是嗎?光是這樣就很了不起了。」眞是空洞啊，呂旭大心想。

「哈，如果你曾經瀕臨過眞正的死亡，就會了解我在說什麼了。」

「是指自殺那件事嗎?」呂旭大看著博詡的遺照。

黑白化的博詡，五官更加立體，更加陰森。

也更加的懊悔。

「呸，那算什麼?吃個藥洗個胃而已，只能說是身體不舒服，比感冒還嚴重一點點的那種不舒服。」老鄧不知道在跩著什麼勁：「我說的可是，徹底的絕望，手足無措，十足逼近的死亡……當你知道你的生命隨時都可能在下一瞬間結束，或是被飢餓凌遲十幾天才會虛弱死亡，最後你還是活過來了，哈，保證你跟我一樣，再也捨不得死啊!」

這種粗糙的「在絕境才能找到希望」論調，過去也曾是呂旭大信奉的圭臬。

所以該給老鄧什麼反應呢?呂旭大忍不住做了一個嗤之以鼻的動作。

「學弟，我不知道你爲什麼看起來那麼不快樂。」老鄧看起來沒有不爽，反而很滿意呂旭大不以爲然的表情。好像找到了一件新玩具。

「我不想談。」

「哈，我對心理諮商那種事一點興趣也沒有，也不想知道你……跟博謅到底發生了什麼事。不過我問你一個簡單的問題，你老實回答我。」

「……」

「你怕死嗎？」

「我不想自殺，也沒那個膽。」呂旭大想都不想，答案直接從心裡衝出口：「不過現在要是有一台車衝過來把我撞死，我沒什麼好抱怨的。我可以死。立刻就可以死。」

「很好的想法，不過也是很假的想法。」老鄧咧開嘴，科科科地笑了起來：「想不想用我重新活過來的方法，試著玩一場可能會死的遊戲？只要你沒死，包準你以後用盡方法也想繼續活下去！」

「到底……」

「一個自認可以隨時接受死亡的人，別說你玩不起啊！」老鄧從口袋裡拿出筆，將自己的手機號碼寫在呂旭大的手背上，說：「趁你洗掉它之前打給我。記住，死了別怪我啊。」

當天晚上呂旭大沖澡到一半的時候，濕淋淋地走出浴室，看著滿是泡沫的手背打了電話。

或許是出於想重拾對生命的熱情，或許只是出於單純的好奇。

更或許，是某種連呂旭大都難以解釋的……想死。

這場強調危險的死亡遊戲，「好像」是以一場旅行的方式呈現。

老鄧叫呂旭大以登山攻頂的心態準備一身裝備，指南針、手電筒、打火機、睡袋甚至一疊美金鈔票等等，背包越大越好，裡頭至少要有能支撐十五天以上的飲水與乾糧，攜帶的衣服要兼具禦寒與防曬兩種功能，急救箱裡能塞多少種藥就塞多少，止瀉藥可以多帶一點。足以殺死人的刀子帶一把，如果可以弄到槍，倒也不失爲一種好選擇。

「帶槍做什麼？」呂旭大大吃一驚。

「如果體驗的地點夠刺激的話，或許派得上用場。」

老鄧再度露出神祕的微笑。這種曖昧的微笑，隨時都在呂旭大的心中累積著狐疑與不爽。

「時間呢？我們什麼時候出發？」

「時間我再通知你，手機隨時開著，有時候說出發就出發了。還有，旅費十萬塊錢要另外帶在身上，別忘了啊！」

「學長，我們到底要去哪裡？哪個國家？哪座山？」

「錯了錯了，我們不是要去哪裡，而是我去哪裡，而你又去了哪裡。」

「我們的路線不一樣嗎？」

「地球這麼大，哪可能那麼湊巧啊哈哈……哈哈哈哈……」

3

沒有到松山機場，也沒有到桃園機場。

計程車到了永和的四號公園旁，一條通往捷運永安市場站方向的巷子裡，兩旁都停滿了通勤族的機車，巷裡的店家賣吃的賣喝的賣些小玩意兒，非常熱鬧。

下車改步行的時候，呂旭大充滿了困惑。

領在前頭的老鄧也是一身大費周章的配備與打扮，應該不是窮極無聊的惡作劇，那究竟是怎麼回事？呂旭大看著老鄧略微顫抖的背影，好奇心越來越強烈。

一棟平凡無奇的二十年公寓底下，老鄧按了電鈴。

樓上沒有問話，鐵門直接打開，老鄧與呂旭大一前一後進去。

往上走樓梯到三樓，老鄧停住腳步，喘著氣，若有所思地看著腳底。

「學長……」呂旭大咕噥。

「我去了四次，每一次出發前都很害怕。」老鄧握緊拳頭。

這氣氛搞得呂旭大不由自主跟著緊張起來。

老鄧一言不發地僵在原地長達五分鐘，才將右腳重新抬了起來。

終於走到了五樓，從樓梯的高度與四樓以下都不一樣可以推知，這一層樓是頂樓加蓋的格局。紅色略微老舊的鐵門開了一條縫，顯然是剛剛打開了等老鄧，老鄧推門進去。

這房子的擺設極爲俗豔，大塊粉紅的舊漆料霸佔了一半的視覺，另一半則由鮮綠色的新漆聯手破壞，極爲刺眼。霓虹閃爍的燈泡星星般東掛西掛，大白天便閃閃發亮十分詭異。窗戶半開，半死不活的風吹得貝殼風鈴喀喀作響，碎花窗簾遮蔽了大半從外透進的午後日光，參與了屋內的不協調性。

主牆下盤據著一頭巨大怪獸般的映像管凸面電視，電視上放著四隻幾年前非常流行的麥當勞Hello Kitty貓公仔，公仔由沒拆封的塑膠套好好包著，上面滿是細細的灰塵。

一台老舊的收音機放在窗下，播著沙沙啞啞的怪聲……頻率顯然沒有調整好，卻沒人在意，任憑它錯置在混濁的頻道中掙扎。

比起這些怪異不協調的擺設，從客廳後面的臥房裡傳來了男女交媾獨有的喘聲與啪啪聲更讓呂旭大在意。

呂旭大反手帶上了門，跟老鄧一樣沒有脫鞋就走進客廳，因爲早他們進來的六個人都沒有將鞋子脫下。

那六個人全都是男人，個個都全副武裝，一副要去月球紮營的姿態。相比之下呂旭大自整的裝備眞是寒酸，雖然完全不曉得到底要去哪裡，但他忍不住認同老鄧看不起自己裝備時的輕蔑。

老鄧逐一點頭示意，呂旭大也跟著向大家點點頭。

「喏。」老鄧從口袋裡拿出一疊事先準備好的鈔票，放在茶几上的水果盤裡。

「……」呂旭大跟著照做，這是老鄧事先叮囑準備的「旅費」。

水果盤早堆滿了鈔票，一捆一捆都用橡皮筋好整以暇綑好，呂旭大只是用眼睛快速瞥了一下，大概有十捆左右。參加這一趟冒險之旅的人還不少。

「把你的手機號碼寫在月曆上。」老鄧指著牆上的月曆。

那月曆是前年的，很久都沒換了，上面已經滿滿都是一串串的手機號碼，有的還用紅筆再三圈了又圈。不多問，問了也是白問，呂旭大依言將手機號碼抄在上頭。

沙發沒位置了，兩人隨地坐下。

呂旭大當然很好奇地打量這六個人，可這六個人同樣好奇地盯著他猛瞧。

你看我，我看你。

一大片塑膠圓珠串成的綠色門簾後，依舊傳來男女交歡的性器碰撞聲，其激烈程度令呂旭大有些臉紅心跳。爲什麼有人會在臥房裡幹得那麼大聲，這個部分老鄧完全沒有提過……

「第一次？」一個臉上有疤的老男人開口，他還穿著有綁腿的軍用膠鞋。

不等呂旭大承認，老鄧便故作輕鬆地拍拍他的肩膀笑道：「對啊，我介紹來的。他叫什麼不重要，重要的是他說他想死，哈哈。」

語畢，哄堂大笑。

「新人總是可以降低大家的緊張感啊，哈哈。」一個滿臉鬍碴的中年男子大笑：「哈哈哈哈哈哈哈哈！」

「想當初我第一次出發的時候，裝備比他還簡陋咧！」一個左眼用黑色眼罩遮住的老男人笑到直不起腰。

「我第一次出發只拎了一桶五千西西的礦泉水，哈哈哈哈比起來這傢伙算是個膽小鬼啦哈哈哈！」一個皮膚黝黑到幾乎滲出醬油的中年男子拍掌大笑。

「咯咯咯想死啊大叔？沒問題的，十之八九你會**得償所願**的咯咯咯咯咯。」笑聲有點古怪的年輕男子，用只剩三根手指的右手撥弄頭髮。那動作絕對是刻意展示自己傷殘的、反覆練習過的熟練樣。

「不要輕易把死掛在嘴邊啊朋友，死神會盯上你的……」一個胸前吊著高檔雷朋墨鏡的長髮老男人，彎腰從沙發上一掌拍落呂旭大的肩，力道之大差點讓他咳嗽起來。

「笑完了，可以告訴我是怎麼一回事了嗎？」呂旭大有些不高興，但剛剛那些笑聲讓他的神經很緊繃，彷彿大家要一起去幹的事有如駕著獨木舟就想橫渡太平洋似的愚蠢。

沒人回答呂旭大。

「對了，有人知道這是第幾天了？」老鄧也不理會他帶來的「責任」。

「據說是第二天。」忘了是誰說。

「第二天啊……雖然不是第一天，但也無法挑剔了。」老鄧點點頭，語氣中充滿了既興奮又害怕的顫抖。

「我上次是第五天去的，我的天，我只花了一個禮拜就回來了。」胸前吊著雷朋墨鏡的長髮老男人皺眉道：「這次我一定要把握機會。」

「對了，既然聊開了……這裡有誰有過第一天就出發的嗎？」皮膚黝黑的中年男子把握住此時熱烈的氣氛，打探起情報來。

「我。」喜歡展示傷殘手指的年輕小伙子再度將他的右手搖晃起來，說：「我這兩根本來黏在手上的手指……還有左腳小趾、右腳無名趾都是在那一次出發搞丟的。不蓋你，還是我自己拿刀直接在雪地裡烤著火慢慢割掉的，免得敗血病送了命。」

「一定很痛吧？」

「老實說凍僵了，好像切的不是自己的肉一樣，哈哈，所以我乾脆直接烤了吃掉，味道棒極了——我的舌頭可沒凍僵咧！」年輕小伙子得意洋洋：「最後快餓了五天四夜的我可是花了很大的忍耐力，才克制住自己不要切掉健康的腳趾果腹咧！」

眾人又是一陣哈哈大笑。

不過這次不是捧腹大笑的嘲笑，而是一種「唉，這箇中滋味我也可以體會」的頗有同感大笑。這種大笑徹底將呂旭大排擠開來。

「眞厲害，我也想在第一天出發。」

「這就要看聖女對你的印象了，這次排到第二天我已經很滿足了。」

「我上上次在這裡遇到的一個傢伙，他也曾第一天就出發，至少他是那麼說的啦。不過他看起來精神有點不大正常，我想不管他最後出發到哪裡，應該都不可能回來了吧？」

「怎麼說？」

「他什麼也沒帶，連水都沒帶！那模樣讓人很不舒服啊。」

「嘖嘖……很少在這裡遇到第一天就出發的人，大概十個有九個都得、償、所、願吧。小子，你眞幸運，搞成那個樣子能回得來！」

「那你呢？這身黑皮膚別告訴我是天生的啊。」

「上次我出發也是在第二天，嘖嘖……一望無際的沙漠啊。」

「那種鬼地方我也去過一次，你是去哪一種？」

這六個「曾經出發過」的男人興高采烈地聊了起來，只是個個欲言又止，呂旭大在一旁聽了五分鐘都還是一頭霧水，什麼第幾天出發、聖女、把自己的指頭割下來吃掉、誰誰誰得償所願的……一點頭緒都沒有。

只知道：繼續待在這裡，必定非常危險。

「去過了那些地方，千辛萬苦回到這裡……嘿嘿，你會發現這裡假到不行！根本就是一個人類刻意製造出來的虛假世界，太容易生存了，反而讓人一點存在的真實感都沒有。」老鄧科科科地笑著。

「一點也沒錯！在台北完全沒有**我正活著**的感覺！」滿臉落腮鬍的中年男子伸出手，與老鄧擊掌。

「打個岔。」呂旭大舉手，像小學生一樣難堪發言：「麻煩你們其中的誰告訴我一下，現在究竟是怎麼一回事？」

大家連交換一下眼神的動作都省下了，一起露出神祕的微笑。

這種微笑呂旭大已經從老鄧的臉上看過很多次，他的耐性已到了極限。

「不好意思，我們的潛規則是，絕對不跟新人聊關於出發的任何事。」只剩八根手指的年輕男子微笑：「這全是爲了你好。」

「爲了你好。」皮膚漆黑的男子附和。

「？」呂旭大心中火起。

「爲了讓你擁有百分之百的瀕死樂趣，嘌口是最基本的禮節。」伸了個懶腰，老鄧竟幫那些陌生人的腔：「話說回來……小呂，這不就是你想要的嗎？」

此時，臥房裡啪嗒啪嗒的交媾聲停止了。

客廳裡的所有人都安靜下來。

「……」

呂旭大不明究理，但氣氛瞬間變得非常詭譎，無處發洩的怒火只好繼續壓抑下。

沒有人出聲，可視線都看著臥房的方向。

皮膚黝黑的男子閉上眼睛，雙手合握在胸口，面色凝重，彷彿在祈禱。呂旭大察言觀色，如果這些男人的「出發」有先後順序的話，下一個似乎是輪到這個皮膚黝黑的男子吧？

過了好一陣子都沒有人從臥房內出來，這六個男人也沒有任何動作。

到底在等什麼呢？到底要怎麼出發？在房間裡做愛的人又是誰呢？客廳裡的大家，難道是在等剛剛做完愛的人從裡頭出來嗎？瞧這情況，該不會是要輪流進去跟裡頭的女人做愛吧？做愛是一種「宣示入會的儀式」嗎？等入完了會，這才有專人帶往機場開始的特殊冒險旅行吧？

眼前所見的景象與剛剛聽到的幾個關鍵字句快速組合，盡量用邏輯賦予秩序，在呂旭大的腦中拼湊出基本的圖像。

正當呂旭大感到越來越煩躁、思緒越來越亂之際，有個女人的聲音從綠色塑膠圓珠串成的門簾後傳了出來。

「進來。」

簡單二字，瞬間解除了緊繃的氣氛……除了那一個皮膚黝黑的男子。

皮膚黝黑的男子不斷深呼吸、吐氣、深呼吸、吐氣，雙手搓來搓去，就是遲遲沒有站起來。他不起來，倒也沒有人催他，任憑他培養情緒。

果然是做愛吧？呂旭大看著那誇張難看的臥室門簾，心中納悶：既然眞的要輪流進去跟那神祕的女人做愛，怎麼沒有人先從裡面出來呢？

老鄧這時開口了：「要不要我們讓新人先進去，我們在外面多聊聊？反正下一次要這麼樣聊天，不曉得又要等到什麼時候……說不定……」

原本已在醞釀「出發」情緒的黝黑男子點頭默許，其他人也跟著點頭。

呂旭大怔住。

「別害怕，進去以後只要記住一件事，從頭到尾都把你的裝備揹在身上。」臉上有疤的老男人拍拍自己肩上的背包。

「然後呢？」呂旭大雙耳發熱。

老鄧笑了。

所有人都笑了。

「該怎麼做，一切就聽從你自己的身體吧。」

4

房間只有一個二十吋大小的窗戶。

有股燒灼刺鼻的香味，來自小窗下的金黃香爐。

香爐飄著張牙舞爪的白煙，陽光透進窗時將白煙的灰塵構造凝成片段的固態。

房間正中間擺了張床，床上有個女人。

那不是濃妝豔抹可以形容，簡直是許多鮮豔的色塊黏著在女人的臉上。

大粉的腮紅用力削開頰骨的曲線，如火焰般的紅在唇上燃燒。亮藍的眼線在末端勾了個圈，深海般的假睫毛與墨綠的勾眉聯手藏住充滿蠱惑的眼神。細細的金粉蒙上每一吋臉妝、順勢鋪蓋上烏黑的散落長髮、往下延伸至白頸。黑色的細長指甲猶如地穴妖怪的軀幹末肢，莫可名狀。

俗豔至極的打扮，藏得住這女人的容貌與年紀，卻隱藏不住她的絕世魅力。空氣中充滿了荷爾蒙的濃郁氣味，好像要滲出甜汁來。

一身赤裸，白皙的乳房上有些反光，依稀殘留著上一個男人的唾沫。

「……」呂旭大看傻了眼。

女人一句話也沒說，只是將兩腿毫不矯飾地張開。

濕潤的陰戶正對著呂旭大，半開半闔，猶如深海生物般低調地呼吸。

剛剛還在這個房間裡跟女人做愛的男客呢？

不知道。

也不需要知道。

沒有男人可以在這個充滿性魅力的女人面前保持冷靜。

這房間裡所能發生的事只允許一種可能性。絕對的、必然的、無可避免的、任何假設前提下都不可能壓抑的——唯一的可能性。交配，盡可能激烈的交配。如同雄性在瀕臨死亡前唯一僅剩最後一次的黃金交配。

必然的死亡，強烈的覺悟，唯一能夠留下自身基因的唯一機會。

——造就了空前的**硬度**。

表情呆滯的呂旭大自然而然將褲子整個褪下，露出硬挺的陰莖。

女人一言不發，生物的本能驅使呂旭大以下體迎了上去。

結合。

快速碰撞，傾注一切的氣力擺動腰身，臀部的肌肉驟張驟縮，單調而激烈。

這完全不是在做愛，而是交配。沒有一絲一毫的餘力閒置在親吻與愛撫上，從性器插入的一開始就沒有任何折衷，鎖定在唯一的目標：射精。

女人的身體很年輕，充滿了彈性與生命力。

黑色的指甲在呂旭大的背上留下十道鮮紅的刮痕。

「呼……呼……」呂旭大呆呆看著下面的女人。

女人閉著眼睛喘息，長髮迷濛，看不清楚她的表情。

從來沒有體驗過這種純粹的交配行爲，呂旭大感覺到深深沒入陰戶裡的陰莖幾乎要融化了。那種熱水般的溫度，黏稠的觸感，還有越來越刺激嗅覺的特殊氣味，讓呂旭大突然明白女人的肉體正處於月經來潮。

原來那些人口中的第幾天，就是指月經來潮的第幾天的意思？

或許是前列腺的承受力已到了極限，也或許是月經來潮的女體不具備受孕的可能性——積貯在呂旭大陰莖裡的基因感到嚴重被欺騙的憤怒，呂旭大的後腦麻熱了起來。

陰莖抽搐，預備噴射出生命起源的神聖汁液。

像是生命的呼應，濕潤濃稠的陰道也快速收縮起來。

「！」呂旭大感覺一股無比強大的吸力正快速將自己的陰莖緊緊裹住，眨眼之間便是全身百骸全籠罩在那股無與倫比的吸力之下，好像整個身體都被那小小的陰道給吸了進去。這並非不合常理，而是根本就不可能成立！

射出的那一瞬間，呂旭大的意識隨即崩毀。

四周一片伸手不見五指的漆黑，厚重的血腥味從四面八方襲來，但呂旭大沒有時間害怕，也沒能來得及害怕，他恍若置身在一輛雲霄飛車之上，身體完全被那股強大的吸力給牽引下墜，以三百六十度迴旋擺盪衝出——

這台雲霄飛車沒有安全帶，而且還正在脫軌中！

「啊！」

黑暗消失了。

血腥味還殘留在鼻腔裡。

眼前所見是一片正在緩緩上升的叢林……

不對！

上升的不是叢林，而是自己正在下沉！

呂旭大驚覺腳下踏不到底，手足無措之際軟軟稠稠的黑色腐土已淹到自己的肚臍。他當然還搞不清楚自己怎麼會跑到這座原始叢林，危機感已激發出他求生的本能，呂旭大胡亂往上大抓一通，終於讓他抓到一條勉可支撐的藤蔓。

好重！

……自己有那麼重嗎？不，是背包，至少二十公斤的大登山包……

這下死定了，環扣扣得那麼緊，現在這種情況已經無法分手解開了，只能祈禱腎上腺的大爆發可以催化出平常兩倍的力氣……

搖搖晃晃，青筋暴露，咬緊牙關。不知道過了多久，下半身赤裸、登山褲還褪留在小腿上的呂旭大奮力藉著糾結的藤蔓攀上了大樹，氣喘吁吁的他這才看清楚情勢。

一望無際的原始沼澤。

象徵即將日落的火雲滾了整片天空。

億萬隻蟲一齊發出震耳欲聾的複合鳴聲。

「死定了。」

呂旭大一點也沒有開心的意思。

5

在樹上或蹲或坐了兩天，這中間小睡了無數次，每一次都不超過五分鐘。

他發現他少帶了驅蚊噴劑、少帶了火把、少帶了睡袋、少帶了內鋪羽絨的防寒雨衣、少帶了一百公斤的乾糧跟GPS衛星導航器。

最重要的是，少帶了一台衛星電話……以及一顆快速自殺用的氰化鉀膠囊。

兩天了，呂旭大苦等不到「同伴」，想必「同伴」也不會來了。

他想起老鄧的某句話。

「原來是這麼回事。」呂旭大啃著第七條巧克力，一邊抓著癢。

如果不想辦法趁著體力還行的時候走出這座沼澤，等到糧食耗盡或發熱生病就死定了。

呂旭大目測這片沼澤，如果可以腳履平地的話至少也得兩天才走得出去，若是藉著樹與樹之間的串連相接，走走停停，偶而驚險一下，要不要一個月啊？

好笑的是，呂旭大連困住自己的這座沼澤位於哪裡都搞不清楚，哪個國家？哪個地域？

要是他懂得分辨那些終日在樹上跳來跳去的怪猴子是哪一品種就好了，以此便可概略推測出某些線索。

想死嗎？

一開始的七天，呂旭大都在思考這個哲學問題。

一邊往前試探最好的落腳點，一邊想著。

也一邊將這不可思議的「出發」自作解釋。

顯而易見，房間裡的女人是一個異能力者。

跟房間裡的女人做愛，在射精的瞬間會被某種能力給「傳送」到世界某處。而女人的傳送能力恐怕跟經期大有關係，按照那天男人們聊天的內容推測，若是在經期第一天就「出發」，就會被傳送到越遠越危險的地方。應該是這樣吧。

至於會被傳送到哪裡，恐怕沒人事先能預測，所以老鄧要自己盡量準備足以在世界上任何地方都能生存十天以上的東西。眞後悔沒多準備十倍以上的東西。至於那名自稱在雪地裡割掉手指與腳趾的年輕小伙子，肯定是被送到極地，比起來自己該算是「幸運」的了？

眞神奇，世界上竟然有這種事。

七天過後，呂旭大已經忘了去思考自己是否眞心想死。

太蠢了，當然要活下去。原因不重要，就算只是爲了確實地吃光背包裡所有帶來的乾糧，就已經足夠作爲不能死的理由。沒錯，就是這樣，在死之前一定要吃光光所有能吃能喝的東西……

第二十三天了，呂旭大終於下了樹。

食物耗罄，飲水全乾。

所幸每天都會毫無徵兆地下十幾次的大雨，只要把脖子往上抬，嘴巴開開，就能補充最微薄的水分。偶而也可以在溪邊將礦泉水瓶裝滿。

水果是奢侈的相遇。

一路上呂旭大都在吃食不知名的果子。遠遠看見猴子吃什麼，他便想辦法弄到相同的果子來吃。雖然他更想吃猴子，但跑不快飛不高的小蟲才是他的主食。偶而也會從小腿上拔一些肥美的水蛭補充蛋白質。

日出變得很美。

日落變得很恐怖。

第四十天，還是第四十一天？四十二？不清楚，計算時間對呂旭大來說已是十分無聊的舉動。總之呂旭大開始出現幻覺，不曉得是過度飢餓還是吃了有毒的果實，呂旭大開始不自覺傻笑，出現浪費力氣唱歌的愚蠢行爲。

不曉得第幾天，呂旭大動作僵硬地殺死一隻蛇，連皮帶血吃了牠的肉。那腥臭的汁液滑進他喉嚨時的滋味，簡直可以用「復活」兩字來形容。

地形一直在變化，遠遠地甚至看見了雪。

要往有雪的地方走嗎？當然不。

工具不足，意志力不足，體力越來越虛弱，呂旭大爽快地避開幾個看起來特別危險、或相對費事的路線。他也沒有什麼確切的計畫，只是想辦法繞著「走起來比較輕鬆」的路線繼續往前，每走一步，就多活了一步……

卻始終沒有看到人。

認眞說起來，地球這麼大，人類的足跡能覆蓋的面積恐怕還算是少數。以數學意義上的隨機「出發」來說，要「降落」在足以與另一個人類相遇的機率少之又少。

又是一天，還是一天。

地形改變，但叢林還是叢林。

日夜氣溫的落差越來越大，下雨過後帶來的失溫風險也越來越高。這幾天一直聽見老虎的咆哮聲，時遠時近，幸好沒有眞的撞見過傳說中的百獸之王，自己可吃不了牠，若碰見了，下一站的冒險地點便是對方的肚子。

飢餓是常態。連拍死蚊子的下一個動作都變成了舔食手掌上的蚊屍。

一方面被疲倦剝奪了大量的體力，二方面不想因消耗熱量導致更深程度的飢餓，於是休息的時間比行進的時間多出了兩倍。然後是三倍。漸漸的只是單純的無力。

缺乏所有能說得出名字的營養素，指甲變得又灰又軟。

夜晚充滿了不可預知的危險，完全無法動彈，連睡覺都無法放鬆……後來呂旭大了解到，如果在睡眠中慢慢失去意識或許是最幸運的事，他才奪回了熟睡的特權。

通常，通常……大自然不會浪費任何食物，但今天呂旭大很幸運在休息的大樹下撿到一隻剛剛死掉不久的青蛙。

這是無上的美食，呂旭大心懷感激地將蛙屍捧在掌心。

「或許這是最後一餐了吧？」飢腸轆轆的呂旭大心想，那可不能草草解決。

非常想念久違了的熟食，非常非常的想念。呂旭大撿拾了一些枯枝樹葉，用僅剩十分之一燃油的打火機點燃了燒，選了根堅硬的短樹枝穿過蛙屍，放在火上慢慢地烤。

那酷似烤雞的香味，令呂旭大相信這個世界上的確有神的存在。

還沒入口，那香味已令呂旭大流出了眼淚。

太蠢了。自己。

這幾年口口聲聲說想死，說願意為了「當年善意的錯誤」扛起道德責任而死，此刻想起來，卻是如此言不由衷。滿嘴自以為是的屁話。

只要還有一點點機會多活一刻，自己就會拚死抓住它，品嚐它。即使生命的意義就是吃了眼前這隻青蛙，也是多麼高尚而堅強的理由啊！

嘴裡啃著有點焦掉的蛙腿，呂旭大為什麼會在這裡吃著青蛙的原因跟著浮現腦海。自己早料到迴光返照肯定充斥著那段醜陋的往事……

6

二十三年了吧。

二十三年前的自己還只是一個三十初歲的年輕醫生，剛剛取得大醫院的主治醫生資格，周遭所有人都羨慕他前途似錦，呂旭大卻滿腔改變世界的熱血，他認爲大家只看到表象的穿著醫師白袍的自己，卻沒有注意到他對生命的澎湃激情。

「我跟別的醫生不一樣。」呂旭大每天早上刷牙的時候，都會對著鏡子自白。

事與願違是中年男子的常態。

在大醫院裡小小的耳鼻喉科看診，每天都要與形形色色的人說上很多很多話，只是十個病人有九個是感冒，感冒開出的藥十之八九差不多，提醒病人的對白也很僵固：「多喝水，多休息，飯後半小時跟睡前各吃一次藥。還有……不要熬夜。」再怎麼變化也是十分相似。

自己當然一定戴著口罩，病人也幾乎都戴著口罩，醫病關係無形間又拉大了不少，病人看診完了就走，自己想多關心病人卻發現後面的掛號還大排長龍根本看不完。

醫囑的對白不斷重複，檢查的細碎流程也不斷重複，重複的一切麻痺了心裡某個重要、炙熱的、隨時都想吶喊的東西。某一天下班後呂旭大買了一本汽車雜誌，津津有味研究起裡頭對保時捷新款跑車的介紹，翻來翻去忽然有些虛榮的心驚。

呂旭大想改變什麼，著力點卻根本不存在。

「難道我的人生，就只是上班下班嗎？」

再這樣下去，自己與一般上班族的分別不過是銀行存摺裡的數字吧。

此時，博詡提出了相當熱血的建議。

博詡是呂旭大小一屆的學弟，同樣滿腔的熱血。

兩人在北醫求學的時候都是天文社與攝影社的成員，感情不錯，後來博詡乾脆搬來跟呂旭大當室友，實習的時候也是一前一後到同一間大醫院被操，革命情感深厚。後來呂旭大在耳鼻喉科擔任主治醫師，而博詡則在精神科主治。

或許是對心理學與精神科學長期研究的關係，博詡似乎看見了十年後的自己也會被醫院的體制規訓成一個冷然處世的醫生。不同於憂心忡忡的呂旭大，博詡似乎一點也不擔心慢慢發生在自己心靈上的變化。

醫院地下B1的員工餐廳，兩個對坐的銀色餐盤。

「也就是說，反正我們遲早都會變得跟那些老醫生一樣冷漠，所以現在什麼都不用做？」呂旭大的表情有點不以爲然。

「當然不。」博翊笑嘻嘻夾起最後一片香腸：「只是差別的地方不在於：我們該怎麼維持濟世救人的熱情。」

「喔？」

「應該說，如果我們一直待在像非洲那樣醫療資源匱乏的地方，才有辦法維持像史懷哲那樣的熱情嘛。但這裡是台灣，多我們一個這樣的醫生不多，少我們一個也不會怎樣。醫院那麼多，我們也不是醫術特別優秀的人才。」

「所以沒有特別優秀的我們就……什麼也不用做了嗎？」呂旭大重複著他的不滿。附帶一提，他完全不想因爲崇拜史懷哲，就千里迢迢跑去非洲行醫。

「當然不是。」博翊完全想好了要說的話：「既然遲早都會麻木不仁，所以我們反而要趁著我們還有熱情的時候多做一些熱血的事，等到了我們俗氣到只想著住好房子開好車的那、種、時、候，還有一點點東西可以回味。」

「……」

博翊神祕地微笑：「我有個計畫。」

7

這個計畫，構造非常的簡單。

它存在著高度的醫療風險，其價值卻也相對的非常高。

博詡預計將這一系列的計畫實踐內容寫成一篇論文，發表在國際期刊上，最後用非學術性的大眾語言將案例整理成一本書，可以想見這本充滿爭議性的書將讓博詡擁有暢銷作家的頭銜。

當然，違反醫學倫理的程度，讓博詡丟掉醫生資格也絲毫不意外。

「也可能賠上我的。」呂旭大苦笑。

「沒有不付出代價的好計畫。」博詡收起一派輕鬆的笑容，嚴肅地說：「趁我們還沒有太多東西可以失去的時候，看看這個計畫可以幫助到多少人思考他們爲什麼存在於這個世界的理由。也就是，生命的價值。」

大哉問：人的生命價值是什麼呢？

如果這是一道謎題，便是一個屬於全體人類共同的謎題。可以想見隨著每個人的生命旅程經歷的人事物不同、信仰的宗教不同、甚至是看過的某部好電影，必然各有各的解答。

但在什麼時候，人才會解開屬於自己的答案呢？

或者，人在什麼樣的情況下，才會開始思索、嘗試解開這一道謎題呢？

「一成不變的日常生活規訓了我們所有人，有太多繁瑣的事情要做，有太多錯綜複雜的人際關係要打理，一大堆莫名其妙的責任，比如什麼時候該繳卡費，誰生日了要去哪一間KTV唱歌，車子是不是該換了，今晚要快點去加油不然油價隔天又多三角，成績一直沒起色是不是應該幫小孩子換一間補習班……太多旁枝末節的事佔用我們的腦內記憶體，讓我們分神去思考比較不重要的事，反而最珍貴的部分都被忽略了。」

「記憶體被日常生活佔用了啊……所以我們應該？」呂旭大跟著使用電腦的比喻語言：「如何將我們的腦袋重新開機，好一口氣清除過載的記憶體？」

「想想那些災難電影都怎麼演的？人在遭遇重大事件的時候，其反應往往凸顯出這一個人的人格特質，很多你原先弄不清楚的東西，其先後次序都在危機出現的時候瞬間一目了然。在進行爲周遭事物的重要性重新排序的時刻，就是這一個人反省生命的黃金時間。」博詡的眼中射出睿智的光芒：「我們是醫生，我們能給予病人重大危機的機會非常高。」

「……唔。」能當上醫生，呂旭大當然是個聰明的人，一下子就想到箇中關鍵：「危機就是轉機。」

「這種具備轉機能量的危機，比起天崩地裂那種危機要便宜多了，而且又不具備眞正的危險性，到哪裡去尋找這麼好用、實用、管用的危機呢？」博翊表情篤定：「我直話直說吧，這個危機計畫在我所屬的科別不易實行，但在你的科別很有機會。怎麼樣？要不要冒險做一次看看？」

呂旭大全明白了。一點就通。

一個禮拜後，呂旭大以略嫌生澀的演技向一個年僅二十七歲的女研究生宣布噩耗。鼻咽癌末期，生命估計只剩最後一個月，照料妥當則能爭取到三個月的時間，但需要再多做精密的檢查，請三天後務必回到醫院看報告，屆時院方將安排血液腫瘤科的專任醫生共同會診。

三天後，瘦了一圈、眼睛紅腫的女研究生回到了門診。

關鍵時刻到了，呂旭大與博翊戰戰兢兢地在診間一起將「實情」說出，並仔細觀察女研究生的反應……當獲知自己罹患的不過是重感冒的時候，女研究生欣喜若狂地擁抱著呂旭大與博翊，然後是一陣無法壓抑的大哭。大哭中，女研究生分享自己這三天來的心境變化。

她試著舉辦國中同學會，想找回兩個非常珍貴卻失去聯繫的好朋友。

她打了一通電話給前男友道歉，希望他原諒過去不懂事亂發脾氣的她。

她抽了人生中第一口菸，然後一邊咳嗽一邊慶幸自己沒有錯過什麼。

她寫了一封很長很長的信給爸爸媽媽，信還沒寫完，就發現自己的生命充滿了好多好多的虧欠。她在信中許下五個卑微的願望。

她向博士班的學長告白，但不是想在一起，而是單純地不想留下遺憾。

她做了很多很多事，想起很多很多人。她重新將生命裡發生的一切回憶一遍。

「謝謝你們的計畫。原來我還有好多個，最後的一個月。」

女研究生深深一鞠躬，充滿感激地離去。

呂旭大與博詡相視一笑。那天晚上他們大醉而歸。

一次甜美的果實，就讓整個計畫狂飆了起來。

一個兩個，三個四個……呂旭大矇騙病人的演技越來越好，而為了以防萬一，博詡也用善意的謊言將這個危機計畫包裝成國際醫學期刊所資助的心靈成長研究。

他們經歷了病人的大哭與大笑，聽了很多極度私密的故事，大大豐富了博詡的研究內容……或者說，新書內容。病人的年齡、性別、職業、學歷是最基本的研究變項，博詡不斷提醒呂旭大不斷更換實驗的對象好符合在統計學上的意義，讓研究的深度訪談有更大的寬度。

沒有比被充滿感激的人擁抱還要值得快樂的事。

當然也有患者破口大罵，或幾乎要動手打人——呂旭大還真的被揍過兩拳。但這些「死裡逃生」的病人冷靜下來後談開，分享了他們在這關鍵三天中所做的每一件事、思考的每一個生命細節後，最後仍會眉飛色舞地離去。

他們對這個「危機計畫」都滿懷謝意。

所有「一度瀕死」的患者一致認爲，僅剩一個月的僞生命想像，已大大刺激了他們對自身生命的反思。有些人即使在那三天裡什麼也不做，在腦中也進行了一場翻天覆地的思考革命。意義非凡。

有太多太多的事値得用力把握。

半夜巷子裡，兩注熱尿澆上了牆。

「我們跟其他的醫生不一樣！」呂旭大的腦袋頂著牆，歪歪斜斜地射尿。

「別的醫生治病，我們卻改變了病人對生命的看法！」博詡搖晃著酒精麻痺的陰莖：「這個計畫一定要堅持下去……論文……我的書……嘻嘻……」

直到。

直到這個完美的系統，出現了一個極度暴走的**亂碼**……

8

二十三年並非晃眼即過。

每一天都是刻骨銘心的折磨。

當初兩人在酒吧裡一起看到這個晚間新聞的時候，兩人都沉默不語。呂旭大猜想當時的博詡應該嚇得全身發抖，因爲自己的雙手也顫抖到無法拿穩杯子。那夜兩人喝到不省人事後各自睡在大街的兩端。

從此後再沒有人提過這件事，也沒有人再啓動過改造生命的計畫。

博詡的偉大論文成了沒有後續的廢紙，兩人從並肩作戰的摯友變成了最陌生的陌生人，在員工餐廳裡遠遠看見便快步避開，電話也沒通過一次，在走廊不意擦肩而過時不約而同避開對方的眼神。博詡在三年後申請轉院。

這個祕密就像一條厚重生鏽的鎖鏈，多年來銬在博詡與呂旭大的心中。

直到那天的告別式，呂旭大才敢凝視著黑白照片裡的博詡雙眼。

「原來眞的有這麼一回事。」

呂旭大啃著鮮美的烤蛙腿，閉上眼品嚐滋味：「人在隨時都會死掉的絕境下，眞的會發現生命的意義。哈哈……生命的意義就是，絕對不想在吃完青蛙前就死掉啊。」

最後青蛙連骨頭也不剩的時候，呂旭大對生命的意義又有了全新的領悟。

「好想再吃一隻青蛙……再吃一隻……再吃一隻就好……」

他看著深邃的前方，完全不曉得仰賴剛剛吃進肚子裡的那隻青蛙所產生的能量，是否足以讓他找到下一隻死在半路的青蛙。

這一走，又走了十三天。

在叢林邊緣，面黃飢瘦的呂旭大看見第一個「人」的時候，激動得昏了過去。

9

「原來我去了雅魯藏布江大峽谷，後來花了不少功夫才輾轉偷渡回來。」

呂旭大笑笑看著老鄧。

千辛萬苦返抵台灣後呂旭大找不到老鄧，又過了兩個禮拜老鄧才主動打電話給他，說他剛剛才回到台灣，要不要出來聚聚。於是便約在這間連鎖牛排館。

老鄧腿瘸了。剛剛他花了四十分鐘在說關於一隻在約旦沙漠的毒蠍故事。

既然兩人都出發過了，也就沒有隱瞞的必要。呂旭大問了很多自己已推測出答案的事，老鄧也滔滔不絕地分享自己的經驗。以及，許許多多在出發前、在那間小公寓頂樓加蓋裡遇過的「隊友分享」。

那位被稱作「聖女」的女人，與其說是高價妓女，不如說是頂級導航人，只要十萬塊新台幣就能帶你到世界上任何一個角落。

至於那個角落是哪裡，聖女不知道，你更不會知道，一切端憑運氣。

或許血液也是傳送的條件之一，聖女只有在月經來潮時才具備導航的能力。每次月事一來，聖女便會傳簡訊到旅行者寫在月曆上的手機號碼，旅行者可以自行決定是否又要出發，不過旅行者最好在接到簡訊的第一天或第二天立即啟程，否則可能會因聖女的月事過了而錯過出發的機會。所以平常就要提前打包好。

的確如呂旭大的推測，月經的血量越多傳送的能力越強，最扯聽過被傳送到喜馬拉雅山的山腳，但也有被傳送到澎湖七美島的例子。

出發的危險性不必多言，呂旭大親身體驗過——若非他趕緊伸手抓住樹上的藤蔓，絕對連失溫、飢餓、幻覺、絕望的體驗機會都沒有。所以了，一定也有許多旅行者被傳送到某個超危險地帶，他們必然充分體驗到不可思議的痛苦絕境，只是不見得能活著回來炫耀。

「炫耀什麼？」

「炫耀我們多麼接近死亡。」老鄧啃著帶骨的牛排，吃得津津有味。

哈哈，呂旭大眞誠地笑了出來。

老鄧說，上次在聖女客廳裡遇到的那幾個人中，有個皮膚黝黑到快冒煙的男人，他那一身的黑便是在美國內華達州的死谷地帶給烤出來的。

至於左眼用黑色眼罩遮住的老男人，他的眼睛是給剛果河畔上的野猴子給抓去。猴子爲什麼要摘走他的眼，這中間有段曲折離奇的求生故事。

失去兩根手指的年輕男子在西伯利亞的大凍原上差點把自己的腳砍了吃。他自稱在大風雪中看過傳說中的雪人，但也不排除是過度飢餓產生的幻覺。

滿臉落腮鬍的中年男子的經歷特別有趣，他曾在第三天出發的時候從半空中墜落到太平洋中，幸好他保持冷靜在海裡脫掉一身的裝備，然後花了兩天的時間載沉載浮游到附近的小島，孤島求生了七個星期才等到船隻經過。

胸前掛著雷朋眼鏡的老男人出發過十一次，到過戈壁沙漠、喬戈里峰與復活節島等怪地方，卻也被傳送到紐約皇后區的一間人妖酒吧，以及德國啤酒節的嘉年華會現場過。

聖女藉陰道神奇的收縮力傳送旅行者的著陸點，隨機分布在地球表面，人類的足跡很廣，但從實質地表面積來看，文明滲透的力量還很不足，幾乎都能順利將旅行者帶到充滿絕望的無人之境。

「到底聖女是何方神聖？怎麼會擁有這種超能力？」呂旭大問了一個所有人都問過的問題。

「沒人知道。」老鄧也回答了那個帶他「入社」的前輩所說的答案。

「政府都不知道嗎？不該管一管這種超能力者嗎？政府應該派人把聖女……」呂旭大將「抓去研究」這四個字給吞進肚裡。

「這是很多旅行者之間的祕密，跟自我約束。」老鄧漫不在乎地說：「聖女到底是誰或爲什麼擁有那種力量都不是重點，重點是，我們需要聖女。」

「需要她的陰道。」呂旭大皺眉。

「這麼說也行。」老鄧不置可否。

兩人在沒有生命的威脅下細細品味了大餐。

話不多，吃很多。

「下次什麼時候出發？」老鄧慢慢啃著黏在骨頭上的堅韌皮肉。

「出發？怎麼可能。」呂旭大用叉子慢慢捲起了沾滿番茄醬的麵條。

拜託，好不容易回到現實人生，該領略的都領略了，該反省的也都好好反省了，台北好魚好肉的，爲什麼要再拿自己的生命開玩笑！

呂旭大不以爲然地將嚼得爛透的麵條吞進肚裡。

老鄧又露出神祕的微笑。

10

三個月後，呂旭大又出發了。

這次是「月經第四天」。

呂旭大在「聖女」的陰戶內射精後的瞬間，猛然看見一隻鬣狗正在他眼前啃食四分之一頭斑馬，心臟差點就爆了開來。他小心翼翼在鬣狗的低吼警戒下離開後，用剛買的GPS定位器確定自己位於非洲坦尚尼亞。

這次的裝備齊全多了，從坦尚尼亞的原始大草原回歸文明只花了兩個禮拜的時間。由於食物分配妥當，期間並沒有感到痛苦等級的飢餓，頂多有一點口渴。

「不過癮。」

呂旭大坐在偶遇的導遊吉普車上，看著數千隻一起奔跑的斑馬喃喃自語。

於是很快又出發了。

這次是「第三天」，聖女劇烈收縮的陰道將呂旭大傳送到一道寒冷的山脊上。

舉目林海蒼蒼茫茫，樹葉或金黃或火紅或翠綠，五彩紛呈煞是好看。

「這裡是……歐洲南部，喀爾巴阡山脈？」呂旭大看著GPS的衛星導航分析，喃喃自語：「阿爾卑斯山山脈的東支，海拔兩千一百公尺。」

這裡雖然看似一片巨大的曠野，可呂旭大只花了四天便走到一間山居人家的小屋，一整個非常沒有危機感。在那戶人家的門口搔了很久的腦袋，呂旭大還是忍不住敲門要了一杯熱咖啡。

第四次出發，終於又遇上了猛烈的月經第二天，能量豐沛。

睜開眼，意識回歸，呂旭大啟動GPS的時候忍不住倒抽一口涼氣……

「阿富汗與巴基斯坦的交界？」呂旭大的心揪了起來。

遠處有槍聲，呂旭大找了一塊巨岩躲了起來，那槍聲兀自延續了十幾分鐘未停，偶而還穿插零星的震天砲火聲，以及不曉得是否該歸爲幻覺的尖叫。

看來這次的求生主題不只是飢餓與跋涉，還有無情的戰火，呂旭大竟有點興奮起來。

會看到什麼光景呢？

自己又會遇到什麼瘋狂的劫難？

會死嗎？

一顆不長眼的大砲彈正好落在呂旭大的右方百尺處，粉碎了畸形的巨岩，猛烈的震波轟得他雙腳離開地球表面，耳朵也暫時聾了。

此時呂旭大摸清楚了自己在做什麼。

自己已經變成了「危險接近症候群」中的一分子，而那些只要存夠了錢便想出發的旅行者則是重度的患者……也是自己將來的模樣。

說眞的，沒一個旅行者眞正想死，只是在台北街頭的生存感十分稀薄，若拋棄尊嚴，在路邊垃圾桶隨手一撈就能輕鬆地苟活下去，一點也不費事。

人就是賤。

只要領略過那種無論如何都要活下去的絕望感，只要一次！僅僅一次！就無法在這麼無知無感的台北生活下去。行屍走肉莫此爲甚，連靈魂都麻木了。

爲了奪回那種強烈的存在感，讓自己瀕臨全然無助的險境就是一種必要條件。說起來眞好笑，要不是自己實際體驗過，完全無法置信人類會藉由親近死亡來強化自己的生存意識。

「博詡……我親愛的老朋友……」

呂旭大仰起頸子，看著美軍直升機的螺旋槳在充滿硝煙味的夜空中慢慢劃過：「你眞該來這一趟的，你會知道為了罪惡感自殺是多麼無聊的一件事。」

第四次絕處逢生回到台灣，呂旭大養了半年的傷。

在阿富汗戰地醫院緊急處理的傷口回台重新檢視，醫生還嘖嘖稱奇挖出七個細小的砲彈破片。如果放任不管，遲早會因碎片阻滯血液循環而敗血死去。

老鄧帶了一籃水果來探望他，步履維艱，一身接近鋼鐵人似的重裝備。

「上次去了哪？」呂旭大打量著好手好腳的老鄧。

「舊金山的同志大遊行。」老鄧翻白眼，自己哈哈大笑起來。

簡單聊了一下，老鄧便走了，想必離開醫院後立刻就出發了吧。

坐臥在病床上，呂旭大興致勃勃地翻著從第四台郵購來的十幾本世界地理百科全書，每翻一頁就對著那些美麗的照片暗想，下次我會被傳送到哪裡呢？昆士蘭雨林？尼泊爾的安娜普納峰？烏干達的魯文佐里山脈？納米比亞的骷髏海岸？若是一口氣被傳送到喜馬拉雅山還滿酷的吧？

還是會很不幸到從半空中摔到大海裡，在一分鐘之內海水灌滿肺腔窒息。仔細一想，地球有百分之七十都被水覆蓋……好吧這其實一點也不算不幸，只是機率大小的問題。

闔上地理百科全書，看著一旁快要乾癟的點滴，呂旭大不禁感嘆，攝影師沒有拍出來的是，在這些美麗的照片背後藏著無窮大的大自然吞噬力。渺小的人類即使再怎麼準備周全，孑然一身置身在美麗的風景中，同樣得仰賴卑微的幸運才能苟延殘喘下去。

第五次裸著下身的再出發，是接近血崩的大放送。

寒氣逼人。

「**竟然，絕望也能是一種毒癮**啊……」

口鼻戴著氧氣罩，身上穿著可以快速膨脹開的救生衣。

呂旭大呆呆看著腳底下壯闊發亮的冰川。

南極？北極？

西伯利亞還是阿拉斯加？

還是某個連名字人類都忘了給的失落之地？

不知道，也沒關係。又或者該說這樣很好。

這次的出發呂旭大已經不隨身攜帶GPS了，將位置空出來留給兩條碎果仁乾糧棒。他覺得完全不曉得自己位於地球的哪一個點，那種徹底無知的感覺更令人絕望，就像是第一次摔進雅魯藏布江大峽谷的滋味。

「一樣，開始吧。」

呂旭大興奮地摘下氧氣罩：「從現在起只有一個目標——活下去！」

11

老鄧不見了。

千辛萬苦從阿拉斯加的凍土荒原回到台灣後，呂旭大再也沒看過老鄧。

老鄧去了哪？死在哪？怎麼死的？

無解。

呂旭大沒有時間哀傷，一養好了身體他就將行李準備好。

一想到老鄧或許還沒死，只是與意料之外的絕境持續苦戰、無限期搏鬥下去的悲壯畫面，呂旭大就嫉妒得發狂，恨不得立刻就將發熱的下體插進聖女滿血的陰部。

雖然不是重點，也不是目的，但呂旭大不得不承認，與聖女激烈地四肢交纏也是旅行重要的一部分。

那個將自己的面目隱藏在鮮豔色塊下的女人，所散發出的媚惑力遠遠超過想像，沒有男人可以在她面前保持一秒鐘的軟屌。

……除了那個在極地裡失去兩根手指與腳趾的年輕男子。

「聖女我求求妳！一定還有別的辦法！一定還有的對不對！」

從聖女的臥房中不斷傳出那男子的哀號，與磕頭的劇烈碰撞聲。差不多的哀求已持續了快五分鐘，台詞內容沒什麼變，聲音倒是越來越大。

還在外面等待出發的三個男人面面相覷。

其中一個是裝備齊全的呂旭大。

第二個男人呂旭大在電視上見過很多次，是一個多年前涉賭被開除的前職棒明星球員，不管前幾年他有多消沉，想必已從這種死亡旅行中找到了強大的、死皮賴臉也想活下去的意志力。

第三個削瘦見骨的男人呂旭大在這間客廳見過兩次，第一次看見他時是個大胖子新人，後來不曉得出發去了哪，第二次再見到他時已瘦了十圈。這次則瘦到完全看不出原本的模樣，還是他主動打招呼才整個嚇到呂旭大。

這三個男人交換了一下眼神。

顧慮到聖女的安全，他們同時走進聖女的臥房將那個年輕男子架了出來。

年輕男子裸著下半身，適才苦苦哀求聖女的原因一目了然。

他的陰莖不見了。

空蕩蕩的，連陰囊也沒看到。

怎麼不見的？那是一場如何又如何的出發？

年輕男子沒說，只是一直崩潰大哭，三個男人也沒興趣知道。

「你！你揹著我跟聖女做愛！我當你的行李！」失去陰莖的男子看著呂旭大。

「才不要。」呂旭大斷然拒絕。

「那你！我給你錢！」年輕男子抓著前職棒明星的肩膀：「你揹著我射！」

「變態。」前職棒明星冷然拒絕。

「別求我。」極瘦的男子不等他開口，直接搖頭。

「王八蛋！自私鬼！」失去陰莖的男子歇斯底里大叫：「揹著我！揹著我一定可以一起傳送的！一定可以！你們這些自私自利只想著出發的人！爲什麼不肯揹我！以爲我是累贅嗎！哈！我到了那裡才不會增加你們的麻煩！我出發的經驗比你們加起來都還要多！我去過的地方你們一個禮拜都待不了！我才是無論如何都可以活下去的那種人！揹我！揹我！」

聽覺失去耐性的前職棒明星抄起地上的登山杖，用力朝失去陰莖的男子臉上一揮，登時讓他安靜下來。眞不愧是打擊實力超強的砲手。

「要不放水，你還蠻強的。」

呂旭大拍拍前職棒明星微微顫抖的肩膀，走進期待已久的臥房。

今天，是月經來潮的第一天。

終於教呂旭大碰上了這種大日子，傳送能力無可挑剔的大血崩。

窗下的白煙裊裊燒著，卻無力中和濃郁的雌性荷爾蒙氣味。

一如往常，濃妝豔抹的聖女沒有說話，只是將兩條腿張了開來。

微笑有很多種意涵，哭泣也有很多層次，比起臉部肌肉與神經複雜的排列組合，「交媾」才是唯一真正的跨國語言。不分種族膚色血統樣貌體態老少，交媾就是交媾，無法用別的名詞勉強替代。

呂旭大褪下長褲。

在孕育著死亡氣息的血腥味中，將他硬挺的陰莖插進聖女的陰戶。

直覺地迴避聖女迷濛的眼神，呂旭大沉默地壓在她柔軟的胴體上，挺進，挺進，挺進。

然後開始一連串受睪固酮控制的橫衝直撞，完全忽略另一方的感受，百分之百只顧達成射精目的的純雄性攻擊。

開始呼應，雌性的反擊以一倍十，聖女的陰道如同被打了興奮劑的蟒蛇，開始接近痙攣的強烈收縮。

遭到強大吸力反擊的陰莖，終於支撐不住，一股痠麻感強襲脊椎末端……

聖女忽然張開眼睛。

第一次。

第一次呂旭大在與聖女眼神交會下，天崩地裂日月無光地射了出來。

12

「再來是職棒簽賭案最新的發展，截至目前爲止時報鷹隊因賭博放水案使陣中本土球員只剩張耀騰、尤仲評二人，董事長周盛淵也因此而引咎辭職。聯盟將考慮於近期召開臨時常務理事會，會中決議各隊以借將方式，支援時報鷹隊打完下半季比賽……」

這新聞一直重複又重複了啊，阿誠將廣播轉到別的頻道上聽音樂。

還是收工了吧，腰實在很痠。今天跑的錢也勉勉強強了。

如果正好可以順路載到一個要回新店的客人，該有多好啊？要不順路，乾脆就別載了。還是再跑最後一趟？

開了十三年計程車的阿誠老練地握著方向盤，暗暗打定主意：再接最後一個客人吧，但如果客人要去的地方離新店太遠，就拉倒不載，油門一踩就跑。

紅燈，停。

想到同居三年的梅芳，心頭有點暖暖。忘了她今天排的是晚班還是大夜班。若是晚班的話要不要順便將車停在人群漸散的夜市口，買個宵夜回去一起吃？嗯嗯……還是直接去她工作的地方接她下班？哈哈，算了算了，這麼浪漫的事被他這種中年大肚男一做，只是徒添噁心吧。

正在胡思亂想的時候，綠燈了。

阿誠輕踩油門，一邊往馬路邊看去，看看有沒有人將手舉起來。

忽然懸吊一重，車身整個往下一沉，彷彿有一百公斤的重量憑空灌進這台已跑了十三年的老計程車上，車速表的指針頓時往左偏了五小格。

「！」

阿誠呆呆看著後照鏡。

一個褲子褪至膝蓋的五十多歲男子，瞎晃一條半軟半硬的陰莖正對著自己。

哪來的變態！哪來的……

「鬼！」阿誠大叫。

「這裡是？」那變態的鬼大叔目瞪口呆地看著眼前光景。

比起究竟發生了什麼事，比起這裡到底是哪裡，比起這個憑空出現又暴露下體的大叔是人是鬼，一道突然從視線外以超快速衝過來的強光才是最危急的變數。

是車！

經驗豐富的阿誠本能地將方向盤往右打了一圈，堪堪避開了從左來襲、暴衝亂開的車子，卻避不開一條長在路邊的粗大電線桿。

「砰！」的好大一聲，卻來不及鑽進阿誠的耳膜。

阿誠一臉埋進根本沒有裝置安全氣囊的方向盤裡，右腳黏在油門上。

整台車像練習爬樹般靠在被巨大衝撞力斜斜撞倒的電線桿上，兩個前輪兀自快轉，引擎發出喀喀喀喀令人毛骨悚然的怪聲，好像隨時都會爆炸似的。

後座無人。

倒是有個赤裸下體的中年大叔將他的頭硬插在前方擋風玻璃上，揹著整套登山求生裝備的身體則誇張地掛在車內前座，姿勢怪異，傷勢極重但沒有立刻斷氣。

幾乎在同一時刻，那台驚險閃過計程車的暴走房車以全速撞進了路邊的海產店，將裡頭撞得血肉橫飛。而緊跟在計程車後方的兩台警車也沒有逃過一劫。一台在半空中表演特技般翻了半圈，最後再壓在另一台失控打滑的警車上，兩台警車不可思議地合而爲一，默契十足撞向了裝在人行道上的墨綠色變電箱。

無力掙扎，但僅存的一點意識還是讓中年大叔睜開了被玻璃碴割傷的眼皮。

他看著眼前亂七八糟如末日般的畫面。

原來這裡是？

他將最後所見用力刻在視網膜上後，似笑非笑地閉上眼。

接下來的迴光返照，一定是很累人的蠻荒跋涉吧……

Chapter 04

請問，還有哪裡需要加強

1

是個有點悶熱的下雨天。

喀嚓喀嚓……嚓嚓……喀喀……

小芬站在娟姊後面，透過偌大的鏡子，偷偷觀察娟姊幫客人剪頭髮的手法。

「妳的頭皮有點紅喔，是不是常常熬夜？」小芬輕輕抓著女人的頭，手上滿是黏膩的泡沫。

「頭皮紅可以看出來常熬夜啊？對啊，我最近比較晚睡。」女人漫不經心看著桌上小電視上的綜藝節目「龍兄虎弟」，舒服地半闔著眼。

「是因爲工作才晚睡嗎？」小芬隨口說，眼睛還是盯著娟姊俐落的刀法。

娟姊的動作很快，一刀接著一刀彷彿兩個刀片間裝著彈簧似地刀光連發，眞不愧是理髮店裡的第一快手。髮絲落了滿地。

「唉，在公司做不完的工作，隔天再做就來不及應付客戶了，偏偏家裡有小孩又不能加班，只好帶回家繼續做囉。」

「這樣不能報加班費好虧喔！」

話匣子一開，女人滔滔不絕地說起家庭與工作間的兩難。

小芬有一搭沒一搭接腔，手指熟練地將泡沫控制在一定的量，指腹不輕不重地壓在女人的頭皮上，時而加重力道，時而藉著推弄泡沫讓手指休息。

頭髮早就乾淨了，但把頭髮洗乾淨絕對不是重點，讓客人覺得頭皮被認眞款待才是「洗頭的誠意」。

從附近的商職畢業後，來到這個半家庭式的理髮店已經快一年了，說好聽一點她的工作是髮型助理，實際上就是大家口中的洗頭小妹。

一雙手每天至少要洗二十幾顆頭，箇中辛苦外人難以體會，洗車工人還可以戴手套保護雙手，但小芬的手卻赤裸裸浸泡在化學藥劑裡——不管藥性號稱多溫和，化學藥劑就是化學藥劑，一天洗下來洗得小芬手指上的皮膚又皺又澀，手腕痠痛到回到家都快沒力氣將插進孔洞的鑰匙轉開。

要不是懷有夢想，這份工作眞難以爲繼。

「請問還有哪裡需要加強的嗎？」

小芬最喜歡這句對白，意味著「這顆人頭」又告一段落。

「沒有。」女人很滿意小芬的洗頭，也很滿意跟小芬的聊天。

「謝謝，那我幫妳沖水囉。」小芬打開水龍頭，將水流順著自己的手掌再澆在女人的頭髮上：「請問這樣的水溫可以嗎？」

「可以。」

「謝謝。」

這份工作，謝謝永遠不嫌少的。

洗頭小妹要成爲設計師，快則三個月，慢則三年五年。

小芬有自知之明，她從小就是一個很普通的女孩，做什麼都很普通，不好也不壞，既然成爲設計師的過程可快可慢，自己如此普通，這種每天洗頭又沖水的日子大概還有一年要熬吧？

原本一間理髮店就不可能沒有洗頭小妹的，有人剪，就得有人洗，既然自己是這間店最資淺的員工，這種差事自然落到自己的手上。

只是洗頭，一直一直洗頭，不停不停的洗頭，畢竟非常無聊，就連與客人間的對話都成了工作制式化的一部分後，洗頭就像反覆不停地拆解同一道因式分解的數學題。

洗頭洗得十分熟練後，簡直完全不用腦袋也可以將客人款待得服服貼貼，小芬忍不住一心二用，想透過鏡子偷學前輩剪頭髮的手法。「多長一隻眼」似乎是每個學徒的必經之路。

一天偷學一點點，打烊後回家還有甜蜜的功課要做。

那功課是一顆又一顆的塑膠假人頭。小芬會一邊回憶前輩手上的刀法，一邊看著自己的夢想在無法抱怨的假人頭上輕快飛舞。

這邊修修，那邊剪剪，假人頭報以淡淡的微笑，彷彿是種肯定。

從這一間小小理髮店的小小洗頭妹開始，勤練手藝，努力不懈，總有一天自己也有機會拿起剪刀爲某個大明星打理最新潮的髮型吧，所有的大設計師不都是這麼開始的嗎？

「那我幫妳簡單吹一下喔！」

小芬拿起吹風機，笑笑地按下開關。

2

一天的工作又告一段落。

今天共計洗了二十六顆頭，十七顆女的，九顆男的，連手指甲都麻了。

「記得把鐵門拉下來還要再鎖一次門啊。」

「廁所的衛生紙快滿了，順便喔。」

「地上就麻煩妳啦。外面的傘桶記得收進來。」

「電燈記得全部關掉喔掰掰。」

前輩們將昂貴的專用剪刀收進抽屜上鎖後，就一個個打著呵欠撐傘回家。

打烊了，但小芬的另一個工作才剛開始。

先將收銀機上鎖，然後將鐵門拉下到只能讓小孩矮身進出的高度。

小芬一個人掃著地上的頭髮，掃完了還得用拖把掃蕩一次，桌上瓶瓶罐罐的染燙藥水也要仔細分門別類收拾好，用了一整天的廁所也是個小小戰場。

不過，小芬還滿享受一個人「掌控全局」的感覺。

沒有人盯，沒有人罵，重點是不用再洗頭了。

她將廣播轉到二十四小時的歌曲頻道，音量調到最大，一邊大聲唱歌一邊將地上的頭髮唏哩呼嚕掃進畚箕裡。

「等一下宵夜吃什麼好呢？還是有點認眞來減個肥？我看喔，外面下那麼大的雨，我還是直接衝回家泡泡麵好了？還是等雨小一點再……」

正當小芬胡思亂想的時候，半拉下來的鐵門忽然發出急促的碰撞聲。

「？」拿著掃帚的小芬彎腰，往外一看。

一個穿著黑色西裝的中年男子狼狽地卡在鐵門外，一手將鐵門用力向上扳，一手撐著地板，試圖硬闖進來。

「啊！」小芬警戒地抓緊掃帚，大聲叫：「你幹嘛！」

「……我……」中年男子含糊不清地說，但身子已整個鑽了進來。

進來時還因太過莽撞，頭整個撞得鐵門喀啦喀啦作響。

外頭下著雨，男子全身淋濕，一進來就弄得地上湯湯水水。

「我什麼！」小芬嚇得不知所措，連手中的掃帚也忘了裝腔作勢地揮舞：「告訴你，收銀機的鑰匙被老闆娘拿走了！快出去！」

闖進門的中年男子並沒有馬上站起來，而是彎著腰，半駝著身子。

蒼白著臉，全身發汗，右手按著下腹，指縫間依稀有鮮紅色的液體滲了出來。

「那是……血吧？」小芬看了這一幕，反而鎮定下來。

——這個人並無惡意，只是個需要幫助的受傷男人，她瞬間有了這樣的認知。

這名看起來至少四十五歲了的中年男子冷淡地環顧四周，這才看清楚了這是什麼地方，竟慢條斯理說道：「我，想剪個頭。」

剪頭？

「你應該去醫院吧？」小芬歪頭扠腰。

渾身濕透了的中年男子充耳未聞，逕自找了個位子坐了下來。

右手始終用力按住受傷的下腹，讓人無法看清楚傷勢有多嚴重。

「先生，你這樣一直流血是不行的。」小芬倒也不怕，大剌剌朝男子走過來：「我幫你叫救護車，在救護車來之前你可以在這裡坐一下。」

中年男子閉上眼睛，不想回答。大概也沒有力氣回答。

此時門外一陣凌亂又急促的叫罵聲：

「幹！跑哪去！」

「怎麼可能跑一跑就不見了，一定是躲起來！」

「幹你娘太暗了地上看不到血……幹不要靠那麼近！你去那邊！」

「他挨了一下跑不遠！你去那邊！你！你！跟我來！」

「找出來兩下就給他死，在誰手上跑走誰就幫他挨一下聽到了沒！幹！」

叫罵聲此起彼落，越來越靠近。

中年男子的神色微變，十之八九外面那些叫罵聲是衝著他來的。

但他卻沒有逃跑，也沒有要小芬將鐵門完全拉下，只是繼續坐躺在正對梳妝鏡的椅子上。或許是預知了五分鐘後自己的命運，他只讓不安的情緒在他的臉上一閃而過，隨即恢復剛剛的淡漠自適。

滴滴答答。

皮鞋滴著水。

「那我們先洗頭。」小芬的聲音。

閉眼的中年男子眉頭輕皺，只感覺到一張大毯子披蓋在身上，暖暖十分受用。

隨即頭髮被澆上冰冰涼涼的洗髮劑，然後是一點點溫水，接著很多很多泡沫在頭髮上綿密地繁衍起來。頭皮瞬間麻了起來，感覺到十根非常柔軟的手指慢慢穿梭在泡沫間。

手指的觸感非常溫柔，按摩的力道適中。

「這樣的力道可以嗎？」小芬如往常般詢問。

「可以。」中年男子不由自主回答。

泡沫似乎越來越多，多到快從頭髮摔到地上時，又被小芬技巧性地抹了回去。

外面的叫喊聲越來越大聲彷佛就快衝到門口，中年男子的身體卻慢慢放鬆。

鏘啷啷啷啷啷……

鐵門被用力一把拉起的瞬間，小芬手上的巨大泡沫也同一時間抹在中年男子的臉上。小芬看向闖進店裡的三個男人，繼續堆積她手上的泡沫。

「？」她狐疑地看著三個凶神惡煞。

「有沒有看到！看到……」一個男人拿著沾有血跡的開山刀，嘴裡說不清楚。

「現在店裡只剩我一個人，所以你們要等比較久喔。」小芬自然而然踩住地上的一抹血跡：「要等半個小時可以嗎？」

三個男人連交換眼神也沒有，立刻轉身離開，離開時還順手將鐵門拉下一半。

輕輕抹掉覆蓋在男子臉上的保命泡沫，小芬繼續抓著男子的頭髮，用自己揣摩出來的指壓法按摩頭皮，不疾不徐，一切都按照日常工作的流程妥善地進行著。

叫喊聲遠了。

雖然依稀聽得到那些氣急敗壞的叫罵聲，但終究不再那麼具威脅性的近。

小芬走過去，將鐵門整個拉下，從裡面反鎖。

然後開始幫中年男子沖水。

「水溫這樣可以嗎？」

「……嗯。」

「謝謝。」

順著小芬的手流洩在男子頭髮上的溫水，保存著一種說不出來的溫度。

泡沫清洗乾淨，擦乾了男子的頭髮，小芬拿著吹風機嗡嗡嗡吹了起來。

「不是說要剪個頭嗎？」中年男子慢慢地說，溫暖了的身子大有精神。

「我的功力還不夠，改天我出師了再幫你剪。」小芬平靜地答。

中年男子緩緩睜開眼睛，原本打算想說幾句謝謝之類的話時，卻從鏡子裡看見正在幫自己吹頭髮的小女生竟是滿臉的淚水。

「妳怎麼哭了？」中年男子怔住。

「我一直都很害怕啊。」小芬尷尬地用袖口草草擦掉眼淚。

也是。

一個看起來不到二十歲的女孩子，突然撞見一個身受重傷的男人闖進店裡說要剪頭髮，緊接著又闖進了三個拿著開山刀的粗魯流氓問哪裡可以砍人，怎麼可能不嚇壞？

「爲什麼幫我？」中年男子看著滿臉淚痕的小芬。

「……我不知道。」

「其實，我也不是什麼好人。」

中年男子嘆氣，看著鏡子裡的大毛毯透著暗褐的血跡。眞狼狽啊今天。

小芬突然有點生氣：「那就不要幫好了，你快出去！我還要拖地洗毛毯啦！」

中年男子微微點頭，這次倒不堅持剪什麼狗屁頭髮了，慢慢起身。

外頭充滿敵意的聲音沒了。

中年男子默默拉開鐵門，隱沒在越來越大的雨裡。

廣播聲中，獨自善後的小芬拖著地，洗著毛毯……

3

一個多月後。

接近晚飯時間的黃昏，理髮店裡只有一個剛放學的中學生在裡頭剪髮。

一把剪刀孤孤單單地在沒有特殊要求的男孩頭上斷著髮，其餘兩名女理髮師不是翻著有點被翻爛了的獨家報導與翡翠雜誌，就是在看電視。

一邊探頭看著電視，小芬整理著洗髮槽下累積的髮絲，以免整個塞住。

這兩年連鎖便利商店多了起來，幾乎將傳統雜貨店從街頭上排擠了一大半，放在便利商店裡的流行雜誌一口氣多了五、六本，專門介紹日本年輕人最時尚的髮型與打扮，相應之下，連鎖髮型設計店也開始流行，小林、亂剪、日式威廉與曼都等美髮沙龍店如雨後春筍般冒出來。

小芬待的這間半家庭理髮店是阿姨輾轉介紹來的，五個排班的理髮師都至少三十幾歲了，有三個已經當了媽媽，大家雖然手藝都不錯，可也都懶得學剪年輕人最新流行的髮型，比起那些窗明几淨的連鎖髮型店，這間半家庭式理髮店的裝潢也顯得很老氣。

這間店如果不徹底轉型，遲早也會被淹沒，大家都心知肚明。原本的老闆娘說打算過年後就來個重新裝潢，但大概只是嘴巴隨便說說吧，哪來的錢啊？

小芬暗暗祈禱，若真的倒店至少也要撐到自己學會剪髮吧，要不，現在立刻換到另一間店應徵工作，也只能從洗頭小妹開始做起。

小芬整理著藥水，眼睛不由自主看向那一排抽屜。

什麼時候也會有一個放著設計師專用剪刀、屬於自己的抽屜呢？

門推開，風鈴串響。

三名當班的理髮師自然而然將頭轉了過來，視線瞬間被兩團漆黑給佔據。

兩個身材魁梧的黑衣人幾乎同時走進店裡，猶如兩尊門神石像。

威武的黑衣人往兩側一靠，微微低首，恭敬地讓出一條開闊的步道。

一個身材適中、同樣穿著黑色西裝的中年男子慢慢走進店裡。

這種不言而喻的氣勢，獨屬於活在刀光劍影裡的黑道分子。

「……」中年男子左顧右盼，像是在尋找什麼。

「……」店裡的理髮師目瞪口呆，唯一現在進行式的剪刀也停格了。

「……」小芬拿著染劑，嘴巴張得比任何人都大。

中年男子與小芬的視線一對到，輕輕咳嗽，便慢慢走向小芬。

「那個……那個那個……你們是不是找錯人啦？」老闆娘趕緊站了起來，支支吾吾地說：「你們是那個……嗯嗯？是不是……」完全不曉得在說什麼。

視若無睹，聽而未聞，中年男子逕自坐在椅子上——那一張與一個月前同樣位置的椅子上，蹺起二郎腿，對著鏡子裡大傻眼的小芬淡淡說道：「剪頭髮。」

來這裡，不剪頭髮，還有別的事好做嗎？

想想也是，小芬打起精神，拿起一罐洗髮劑走到中年男子身後。

「那我先幫你洗頭。」

小芬將一張毯子蓋在中年男子的身上，從洗髮劑裡直接抹了一大把在中年男子貌似賭神周潤發的油頭上，一抓，再抓，那刻意梳理好的賭神頭頓時不成型態。

對小芬來說，洗頭就洗頭，還眞沒有第二種洗頭的方式，頂多是有的客人喜歡她用指甲、有的客人喜歡她用指腹罷了，她便按照平常的節奏開始推弄泡沫。只是整間理髮店的氣氛委實奇怪，那兩尊門神一動也不動，守護在中年男子身後，與動手洗頭的小芬只有一步的距離。

「喂。」小芬抓著泡沫：「你是『流氓』嗎？」

「？」中年男子好像楞了一下。

「流氓啊？你跟你那兩個朋友都是流氓嗎？」

「我們是……黑道。」

「黑道不就是流氓？」小芬皺眉。

「也對。我們是流氓。」中年男子似笑非笑地說：「太久沒有聽到別人叫我們流氓，所以有點不習慣。」

「有人叫我髮型助理，說這樣講比較尊重，可是髮型助理就是洗頭妹啊，直接叫我洗頭妹就好了，髮型助理聽起來太高級了怪怪的。」小芬不以爲然地說：「所以你們流氓就流氓啊。」

「嗯。」中年男子生硬地答道。

「那我旁邊這兩大隻流氓是你的小弟嗎？」

「是。」

「他們如果不剪頭髮的話就出去，不然我很難做事耶。」

小芬身旁那兩個身形魁梧的流氓臉色一變，五官扭曲，卻不敢發作。

仔細一聽，便可聽見這間屋子裡同時有五顆心臟瞬間加快了跳動。

「你們出去，去門口……不。」蹺著腿，中年男子慢條斯理說道：「去巷口隨便晃一下，一個小時以後再過來接我。」

「可是大哥！」兩個跟班異口同聲。

中年男子沒有再下命令，僅僅用一個淡淡然的眼神看了鏡中的兩人，兩個跟班立即乖乖低頭出店，連回個頭都不敢。

剛剛小芬與黑道男子之間的對話沒有刻意壓低音量，所有人都聽得一清二楚，店裡的氣氛又變得更奇怪了。剪完了，也不洗頭了，那個剛剛還有說有笑的中學生匆匆付了錢便閃人。整間店就只剩下那一個黑道大哥。

每個理髮師都假裝忙著看電視看雜誌，個個心中惴惴不安，大家很想找理由提早收工回家，免得被黑道大哥點名幫剪。

心臟不好的張阿姨第一個發難：「啊！我忘了今天晚上先生加班，我要接小孩子去補數學。我眞的很糟糕啊我，唉這樣怎麼當人家媽媽？」隨便收拾一下就走了。

只剩下老闆娘跟兩名當班的理髮師，再不走就……

眼皮直跳的王姊緊跟在後：「我家有客人要來，哎呀我怎麼到現在才想起來？不行了不行了……我連菜都還沒買呢！」將剪刀放進抽屜裡上鎖，皮包拿了就小跑步出去。

一下子走了兩個，只剩下老闆娘跟娟姊。

老闆娘瞪著屁股離開椅子五公分了的娟姊，娟姊再無奈也只好將屁股重新黏回椅子上。

黑道的頭不是沒剪過，怎麼今天這顆還帶了小弟站崗，煞氣特別重？

小芬洗頭的技術沒話說，仔細，又溫柔。

舒服得令這位黑道大哥眼睛瞇成了一條線。

「還有什麼地方要加強的嗎？」

「……」

「那我要沖水了。」

「好。」

洗完了頭，小芬簡單吹了一下頭髮到半乾半濕，娟姊便自動就位。

甫睜開眼的黑道男子聳了聳肩，看著鏡子裡拿著剪刀的娟姊。

娟姊強顏歡笑：「請問要剪什麼髮型？」

黑道男子轉頭看著小芬，小芬正在電視機前看得發笑。

「我要她剪。」

「小芬啊？她還沒出師，所以就由我……」

「我要她剪。」

黑道男子語氣平淡的、字字重複的第二句話裡，有種自然成形的威嚴。

娟姊只得快步走到看電視看得出神的小芬旁。

「我？」小芬難以置信。

「快去。」娟姊翻白眼。

「我？」小芬傻眼，指著自己的鼻子：「我出師了？」

「從現在開始，妳出師了。」咬牙切齒的娟姊將剪刀倒轉、遞交在小芬的掌心：「暫時先用我的剪刀，應該不會太委屈妳吧。快，快！」

就這樣，完全沒做好準備的小芬呆呆站在黑道男子後，拿著鋒口發出寒芒的剪刀，看著這位不速之客，也看著鏡子中有點陌生的自己。

託這個黑道男子的福，夢想莫名其妙地實現了。但是……

「先說好了，我只剪過塑膠人頭的頭髮。」

「嗯。」

「一共六十六顆。」

「所以妳不敢剪我的頭？」黑道男子有點輕蔑地說。

「敢敢敢，不過我怕你不敢給我剪。」小芬露出連她自己都沒看過的燦爛笑臉，說：「先說好了，我第一顆剪出來的頭，一定不會好看到哪裡去。」

就這樣，不給黑道男子反悔的機會，小芬一刀喀嚓。

頗有紀念價值的第一束斷髮落在地上。

「喂喂喂，妳忘了問我想剪哪一種頭。」黑道男子半開玩笑。

「我第一次剪，不要給我出題目啦拜託。」小芬咬著下嘴唇，理直氣壯地說：「我只想剪我會的，嗯嗯就幫你剪我這幾天晚上練習的成果吧。」

「那……」黑道男子竭力忍住想笑出來的衝動。

喀嚓，喀嚓。

小芬以果斷的兩刀封住了黑道男子的嘴。

然後是快樂的喀嚓喀嚓喀嚓。

愼重起見，每一刀都淺淺的，堪稱精雕細琢，每一刀剪下去，小芬就站遠一步，從另一個角度欣賞這一刀「不可逆的後果」，再構思下一刀該怎麼接著上一刀表演。

黑道男子索性閉上眼睛，不知道是假寐還是眞睡。

哇！小芬的眼睛都開了。

原來娟姊用的專業剪刀這麼棒啊，光手感就不一樣，剪眞髮跟剪假髮的觸感也差很多，一刀下去，髮絲斷裂的俐落程度也大不相同。眞不愧是……眞不愧是……她嘖嘖稱奇，手上的刀不禁加快了速度。

小芬越剪越興奮，從遠觀察的娟姊臉色卻越來越沉。

由黑道男子頂上頭毛的變化可以推想，十分鐘後這間店將出現一樁血案。

「怎辦？」娟姊用氣音向老闆娘問。

「等一下妳幫她補救。」老闆娘虛弱得快抓不住桌角。

「不要。救不回來。」娟姊斬釘截鐵地說。

那麼，意思是要逃跑了嗎？

噴了點水，將髮尾抓了點角度，修了修鬢角，終於小芬吹掉剪刀上的殘髮，得意地用刷子撥掉黑道男子臉上的屑屑。

深呼吸，小芬拿起大鏡子放在他後腦杓旁，嚷著：「大功告成！」

黑道男子這才睜開眼。

鏡子裡的自己，跟剛剛踏進這裡的自己判若兩人。

一個小時前，自己還是氣勢驚人的黑道大哥大，不說話，一個眼神就能壓得對方心臟病發。嘴角微揚，彷彿城府極深地刺探對方斤兩。若開口，就是搬動十個堂口的街頭戰爭。

現在……

經過一百刀的密集摧殘，鏡子裡的自己像極了在西門町把妹的中輟生。

「怎麼樣？」小芬笑道：「一口氣年輕三十歲吧！」

老闆娘與娟姊登時腿軟。慘了慘了，這下連爬出這間店的力氣都跑光啦。

黑道男子瞪著鏡中似曾相識的陌生人。

「這是我要的感覺。」

他篤定地點點頭，露出滿意的微笑。

這一笑，當真嚇得老闆娘昏死過去，幸好娟姊及時一把扶住。

「太好了，那我幫你沖一沖囉。」

得到讚美的小芬，樂不可支地開始幫黑道男子沖水。

溫水傾瀉在她的手上，再順下男子的髮，將難以計數的髮屑沖進槽底。

簡單抹了點洗髮劑，再洗第二次的頭比較乾淨。

「幹你們這一行的，是不是越兇越好啊？」小芬心情大好，開始哈啦。

「大部分的時候，還是和氣生財吧。」黑道男子竟也順口回答。

「是喔，電影都不是這樣演的，都演你們流氓打打殺殺。」

「別說殺人了，連打架都很麻煩的。把事情鬧大當差的就會進來管，到時候不是抽籤湊個人交出去，就是湊一筆錢請管區把事情壓下來。」

「哇，這個我知道，就是小弟幫大哥揹黑鍋對不對！」

「……對。」黑道男子的表情有點古怪。

「你們當大哥的真的很差勁耶，一人做事一人當啊，幹嘛要小弟幫你們坐牢啊？當大哥就是要把所有的事都揹起來才叫做大哥啊！」小芬大剌剌地直搗蜂窩。

「……也不是這樣說。」黑道男子的表情，像是肚子又挨了一刀。

「當大哥眞好，怎麼會有人想當小弟啊。」

「唉。」黑道男子嘆氣：「每一個大哥，都是從小弟當起啊。」

「是喔？」

「每一個小弟都幫大哥揹過黑鍋。沒揹過黑鍋的，要上位還眞難呢。」

「上位？」

「就是當大哥啊。」

就這樣，小芬與黑道男子藉著一堆黏膩的泡沫聊了起來。

不知道是少了一根筋，還是根本不覺得這男子很可怕，這差距二十五歲的兩人聊得還挺起勁，好像是小記者訪問黑道明星的快問快答。

「對了，那天晚上你最後自己去醫院了啊？」

「沒，我猜那些王八蛋也派了人在附近的醫院急診室堵我，我乾脆直接打電話找認識的醫生，去他家弄一弄搞定。」

「這麼酷！」

「一般般。」黑道男子輕描淡寫地說：「要不是那一刀刺得有點深，我自己走回家抹消毒水睡個女人就好了，隔天醒來……」

一出口黑道男子便發現失言，幸好小芬看起來不以爲意，或是根本漏聽。

「那天你被砍，是被自己的小弟砍，還是被別的幫派砍啊？」

「是別的幫派，但也算熟識一場。就因爲熟所以砍起來特別狠。」

「你有報仇嗎？」

「報仇？等我報仇未免也太不會做人啦，隔天他們就交出十根小指，叫砍我的那個小弟專程送過來，跪在地上說是誤會一場。」

「好恐怖喔！這個我在電影裡看過！」小芬嘖嘖稱奇：「那你怎麼辦？」

「都做到這樣了，不當成誤會不就不給面子了？哈哈！」

「哇，那你是正義的一方嗎？」

「這個……該怎麼說呢……」頓了頓，黑道男子頗有難色：「我想一想。」

「還是流氓都是壞人，只是有的人比較壞，有的人比較不壞一點？」

「可以這麼說。大家多多少少都做過一點壞事嘛。」

大部分的時間小芬都在問一些不是很有禮貌的怪問題，機關槍似的。說那些問題很怪，其實也不怪，只是太直接，直接到讓人忍不住為她捏一把冷汗，而黑道男子回答的表情都有點又好氣又好笑，並沒有眞正惱怒。

原本是簡單洗第二次頭，竟然又用掉了二十分鐘。

從那個有點詭異的黃昏開始，小芬出師了。

第二天她買了人生中第一把理髮設計師專用的剪刀，入門的，最便宜的。

非常非常的開心。

5

第二天，差不多時間的黃昏，黑道男子又出現在店裡。

兩個門神般的壯漢沒跟著一起進來，只送大哥到門口就自己閃遠。

看見黑道男子頂著一頭不三不四的頭髮進來，雖然大概不是什麼惡意，老闆娘跟輪班的兩名理髮師還是心驚了一下，沒人敢上前招呼。

「今天還剪頭啊？」小芬很直覺地站了起來。

縱使號稱出師，一整天下來老闆娘還是不給她客人，依舊是喚她頭洗。

也是啦，在比她更菜的人進來前，除了剪頭髮外當然也得包下所有的頭洗，更何況小芬並沒有真正接受剪頭髮的繁複訓練，也沒有帶過自己的朋友剪給前輩們鑑定，說是出師，只怕是一時權宜。

小芬很認份，也很清楚，只是一想到剛剛買好的那把剪刀還是不禁躍躍欲試。

「染個髮。」黑道男子摸著很不搭嘎的頭髮，表情有點靦腆。

「那你要染什麼顏色？」小芬自動走了過來。這可是唯一認可她的客人呢。

黑道男子暗暗好笑道：「喔……我以爲妳又幫我決定了咧。」

嬉皮笑臉的，小芬的手上已抓了一把洗髮劑抹在黑道男子的髮上。照例還是蓋張毯子，舒舒服服洗個頭先。

「那我等一下幫你染一個……我在雜誌上看到的髮色好了，我調調看喔。」

「妳……調調看？」黑道男子的眼皮跳了一下。

「還是你怕了。怕了就算啦！」小芬的語氣竟有點不開心。

黑道男子乖乖閉上嘴，任憑小芬熟練地在他頭上推泡泡。又彈又抓又按，無懈可擊的十指共舞，黑道男子舒服地閉上眼睛。小芬的話多，兩人有一搭沒一搭地聊著。

今天晚上她這才知道，原來這個黑道男子叫阿泰。

阿泰當然不是每個人都可以叫的，小弟們都尊稱他一聲泰哥，親一點的便叫他老大。泰哥江湖地位頗高，是這一帶所有地下賭場的圍事老大，也插股幾間色情摸摸茶店。錢多多，這幾年小弟也跟著越來越多，堂口從幫派裡分出來自成一股勢力，但仍與原來的幫派維持很好的結盟關係。

泰哥年輕時也是一路打上來的，鋒頭很健，曾經在通化夜市創下一個人獨自打趴對方六個人的紀錄。這麼悍，當然悍出事情，政府搞二清專案時泰哥被抓去綠島蹲了三年，蹲出來後就直接管了幫派一個大堂口。

年紀過了四十以後，打不動了，再怎麼剽悍看見對方掏出槍也只能拔腿快跑，泰哥行事開始低調，拓展勢力的方式不再用拳頭，而是用錢。

「用錢的話，比打人更有效率。」泰哥的眉頭輕皺。

「聽不懂，不過不打架不一定比較好吧。」小芬用指甲摳掉沾在泰哥眼角的泡沫，直率地說：「你不敢打，他敢打，最後一定是敢打架的那一邊贏啊！」

很新鮮。

這說法新鮮，被人家這麼吐槽也很新鮮，泰哥不禁笑了。

「大家出來混，很少是爲了天生想打人，還不都是爲了賺錢。」泰哥很有耐心地解釋：「有錢大家賺，講好了怎麼分著賺，有時候你讓我，有時候我讓你，讓來讓去，大家都有面子裡子，自然就不會打架啦。」

「喔。」小芬的聲音聽起來沒有眞的被說服。

「再加上我那個兒子今年剛剛考上大學，還考上師大學人家當老師啊，他一直覺得有我這個黑社會爸爸很丟臉，恨不得我再被抓進去關。爲了我兒子的前途，也爲了我在他面前的形象……我盡量別那麼像黑社會。」

「又沒差，反正你現在有小弟了啊，被關也是關他們，又關不到你。」

「……呵呵。」又被吐了，泰哥也只能這麼苦笑。

「哪個系啊？」小芬轉移話題。

「中文系。從小他就一直想當一個作家，我卻希望他眞的去當老師的好，收入跟生活都比較穩定嘛，當作家給人一種很不腳踏實地的感覺，是不是？」

「當黑社會更不腳踏實地啊。」

「……這個……嗯……妳說得也沒錯。」

連環受挫的泰哥，完全沒有反擊的餘地。

「還有沒有哪裡需要加強的？」

「啊，沒有，沒有。」

將泡沫沖乾淨，簡單吹乾。

在染髮前小芬對著泰哥的髮型左看右看，咕噥道：「好像有點怪怪的喔？」

「哪裡怪？」

「就我免費幫你修一下啦。」

不等泰哥反應，小芬興高采烈拿起剪刀就展開新一波的攻勢。

這一剪，竟喀嚓喀嚓剪了個沒完。

小芬喜孜孜貫注在剪刀的舞動上，雖然不擅長，發問的人還是換成了泰哥。

「我好像還不知道妳的名字？」泰哥生硬地問：「大家都怎麼叫妳？」

「叫我小芬就可以了。」小芬漫不經心地說。

「妳很喜歡剪頭髮？」

「對啊，不過我才剛剛出師啦。嘻嘻。」

「所以當理髮師是妳的夢想？」

「夢想……感覺好高級喔，應該是吧。嘿你不要亂動！」

「從小就想當理髮師嗎？」

「才不是呢，我小時候想當明星啊，每天打扮得漂漂亮亮的，去唱歌，去演戲，上節目玩遊戲都好啊，哪個女生不想當明星才怪咧。不過我很快就知道自己長得很普通，歌也唱得很普通，就算啦！」

「喔。」

「不過不當明星，也可以幫明星剪頭髮嘛！有一天等我變厲害了，我就可以指著電視說，你看你看！方季惟的頭髮是我剪的喔，還有那個王傑，頭髮也是我弄的喔！那個那個葉蘊儀，她最新的造型也是我設計的呢！」小芬越說越快樂，連聲音都在跳舞：「嘻嘻我是不是很三八啊？」

「不會。」

「不過要變得那麼厲害，還要很久很久，唉。」

「那是當然的啊，我當上大哥之前，還不是……」

「還不是要幫大哥揹黑鍋，幫大哥砍人對不對？唉眞的有那麼簡單就好了。」

「簡單？」泰哥的表情略顯崩潰。

「要當上大設計師，不曉得要先剪幾千個頭才有辦法，我們這間店生意不好，我又最菜，哪輪得到我剪那麼多顆頭啊……慢慢熬囉。」

大功告成後，泰哥瞪大眼睛看著鏡中嶄新的自己。

——一個誠懇踏實、遲齡入學的臭老高中生。

「不錯吧！這樣看起來腳踏實地多了喔。」小芬拍拍泰哥的肩膀。

一直在深呼吸、吐氣、深呼吸、吐氣的老闆娘終於腿軟坐在地上。

一臉嚴肅的泰哥深呼吸，似乎是下定決心說：「果然是我要的感覺。」

「那我現在幫你染一個偏紅的顏色。」小芬竟沒忘記這件事。

「紅色？」泰哥虎軀一震。

「當大哥不能太腳踏實地吧？黑社會還是要有一點叛逆的感覺啊！」

「……」

□

走出理髮店的時候，泰哥整個晚上都沒有說話。

兩個貼身跟在旁邊的彪形大漢也沒有講話，怕一開口就會笑出聲來。

沒有吃晚飯，泰哥在插股的色情小吃店外點了根菸。

偶而摸摸紅得像把火的腦袋，不禁笑了起來……

6

小芬的生活很單純。

除了聽廣播看電視，她最喜歡剪報。

自從三年前還在學校的時候，跟大家擠在電視機前一起看原本不被看好的中華隊，在巴塞隆納奧運上連續兩次擊敗日本贏得銀牌而歸後，小芬就迷上了棒球，或者該說，迷上了以奧運奪牌陣容為主、後來加入中華職棒的時報鷹與俊國熊隊，其中又以強打成群、號稱「暴力鷹」的時報鷹隊最吸引她。

除了嶄新的剪刀，她的抽屜裡還放了一本剪貼簿，裡頭都是她記錄時報鷹的報章雜誌剪輯。店裡沒閒雜事的時候，就是小芬細細回味她的英雄的時刻，每一個時報鷹球員的比賽數據她都瞭若指掌。

有點燠熱的下午。

櫃檯後的老闆娘吃著仙草牛奶剉冰，一邊翻著剛買的八卦雜誌。

傳統理髮店最多就是這種充斥著色情暴力、奇情犯罪、靈異與神棍廣告的雜誌了，最新一期的必買，過期兩年的也捨不得丟，期期都讓大家看得津津有味。

店門打開，一股奔放的熱風灌進。

熱風中，一個穿著白色汗衫拖鞋短褲、露出半身刺青的壯碩男子走進理髮店。

「請問，小芬姊在嗎？」刺青壯漢彬彬有禮地問。

小芬……姊？

不約而同，老闆娘與三個理髮師轉頭看向正在剪報的小芬。

「小芬姊，麻煩妳幫我剪個頭。」刺青壯漢一鞠躬。

這哪門子的禮數啊！

「老闆娘，可以嗎？」小芬眼睛發光，火速放下剪到一半的報紙站了起來。

老闆娘馬上說：「不好意思，小芬她是新手，手藝還沒有很好，要不要……」

只見刺青壯漢用極為兇狠的眼神看著老闆娘，渾身散發出暴烈的殺氣。

左手臂上的猛虎隨著巨大的肌肉跳動，那股猛勁一路跳跳跳，跳到右手臂上的青龍上來。仔細聽，彷彿可以聽到猛虎與青龍的牙齒快被咬裂的摩擦聲。

「……小芬的話，當然是沒問題、沒問題。」老闆娘感到脖子瀕臨被扭斷的危機，不禁一陣暈眩。

小芬興奮得臉都紅了。

刺青壯漢一坐下，小芬立刻幫他蓋上毛毯，拿起洗髮劑擠了一大沱在手上。

「不！不用了！」

刺青壯漢趕緊起身，慌慌張張又鞠了一個躬：「我……我……我不習慣給別人洗頭，剪完頭髮我自己回家洗就可以了！請小芬姊直接幫我剪髮！」

「是喔。」小芬歪著頭。

這倒無所謂啦，重要的是快快施展自己稚嫩的身手。

「那你要剪什麼髮型？還是簡單修一下？」小芬從抽屜拿出閃閃發亮的剪刀。

「都可以，請小芬姊自由發揮！」刺青壯漢恭敬地說。

「自由發揮啊……」小芬居然有點發愁，想了想，拿出一本自己昨天才買的髮型雜誌說：「要不然我幫你挑一個髮型，你看看喔？」

「是！」

於是小芬就照著從雜誌挑出來的髮型剪，一邊剪，一邊跟刺青壯漢瞎抬槓。只是不管小芬怎麼開話題，刺青壯漢只是非常簡短地應答，不敢多說一個字。

剪完後，刺青壯漢兩眼呆滯地看著雜誌上的照片，又看了看鏡子裡的自己。

「怎麼樣？雖然有點不像，但風格基本上是同一個方向啦！」

小芬有點不好意思，拿著鏡子讓刺青壯漢看仔細他的後腦髮型。

有點不像？風格基本上相同？

鏡子裡的自己跟雜誌上的酷男完全兩回事啊。刺青壯漢有點迷惘，有點困惑，有點迷失……自己爲什麼從粗暴的打手變成了西區的皮條客呢？

「感謝小芬姊！我非常滿意！」

虎目含淚的刺青壯漢坐在位置上大聲喊道，那雄壯威武的聲音簡直快把所有人的耳膜給震破，小芬差點摔坐在地上。

「那……不加洗，三百塊。」小芬抓著心跳好快的胸口。

付了錢，臨走前刺青壯漢不忘朝店裡再度深深一鞠躬。

「感謝小芬姊！我下次一定會再來的！」語氣豪朗，幾乎吹起地上的殘髮。

「一定喔！」小芬心花怒放：「一定一定！」

小芬的手藝，還眞是『有口皆碑』。

每天下午或晚上都會有一個「全身散發出草莽氣息」的男人向理髮店報到。

不管是刺龍刺鳳的壯漢打手、嚴肅不帶表情的硬漢，還是獐頭鼠目的皮條客，像是打卡一樣輪流進了這間毫不起眼的理髮店。每天一個，一週七個。

絕對是極其巧合，每一個在鏡子前目瞪口呆的男人在離開店時都會鄭重地鞠躬，大喊：

「感謝小芬姊！我非常滿意！」

一個月，便是三十個。

奇特的髮型在附近地區造成一股無法解釋的潮流，意外地增添黑道分子之間古怪的默契與情感。原本酷酷的大家，在新的造型下都變得有點靦腆。

「那個……嗨？」

一個染著綠髮的怪頭男子走著走著，忍不住對著坐在消防栓上的男子打招呼。

「嗨？啊……」

坐在消防栓上的男子抬起頭，抬起，一顆像極了草莓的粉紅色頭。

兩個人瞬間交換了一下眼神，不約而同一齊嘆氣。

「小芬姊上個禮拜剪的。」

「我是前天才剪的。」

「那個……嗯嗯……」

「唉，嗯嗯……」

不曉得該多說什麼，也不敢眞的抱怨，兩個大男人只好用充滿默契的苦笑結束了對話。背對著背離去時，心中竟然有種被安慰了的錯覺。

這樣的對話，同樣的苦笑，不斷發生在台北這個小小的城市角落。

7

風和日麗的下午。

鏡子前，電視機裡重播著昨天晚上時報鷹對三商虎的比賽。已是第三次重播，小芬昨晚早看過了。但既然終場是時報鷹贏球，小芬當然不介意再看一次。

「早就知道結果的比賽，又不好看。」張阿姨取笑她。

「昨天吃過三次飯，今天還是要吃啊。」小芬回嘴。

「歪理。」王姊坐在椅子上打盹，也不忘吐槽。

眼睛看電視，手上的剪刀也沒停下。

小芬剪著民生報的體育版，將她最喜歡的幾則職棒新聞夾在剪貼簿裡。

只要時報鷹一贏球，隔天剪貼簿就會被膠水增厚一層。既然是時報鷹的迷，自然也是第一強打廖敏雄的粉絲，剪貼簿裡的照片有一半以上都是廖敏雄揮出全壘打的英姿，每一支全壘打價值多少打點，小芬會直接用紅色簽字筆註記在照片角落。

工作忙碌，每晚打烊收工都十一點了，小芬從沒有看過現場的職棒比賽。不過她已經打定主意，如果有一天時報鷹打進總冠軍賽，就算只剩貴貴的黃牛票，她也一定要到現場幫她的王子加油。

「嗨。」

風鈴串響，頂著紅黑髮的泰哥再度出現在店裡。

距離上次泰哥走進這店，已一個月了。

經過這三十天的洗禮，老闆娘與其他的理髮師大姊早就對黑道產生免疫，一見泰哥走進店裡，便似笑非笑地看向女主角小芬。

「怎麼樣？手藝進步了不少吧？」泰哥笑笑，指著自己的頭髮說：「一個月了，樣子有點跑掉了，今天還得麻煩妳。」

他逕自站在一個正在理髮的大嬸旁邊。站著，便不動了，只是猛盯著大嬸看。

大嬸不明究理地看著鏡中的泰哥，如坐針氈，完全不知道該怎麼辦。

正在幫大嬸剪髮的娟姊大概猜到狀況，臉色有點尷尬。

「這是我的老位子，麻煩一下。」

泰哥開玩笑地用手掌在自己的脖子上一抹，嚇得大嬸趕緊換一個位置坐。

小芬一手拿著洗髮劑，一手拿著鬆軟的大毛毯走了過來。

「早就知道是你啦。」小芬笑嘻嘻地將毛毯蓋在泰哥身上。

「我那些小弟承妳照顧了，最近大家都特別團結呢。」

「我可是非常用心剪耶，每一個我都絞盡腦汁。」小芬很開心地洗起泰哥的頭，說：「總之要謝謝你幫我找了那麼多小弟讓我練習，讓我功力大進，所以啦，今天就不收你洗頭的錢了，我請客。」

「那剪髮還是要算錢啊？」泰哥開玩笑地說。

「當然啊，剪頭髮是我的專業耶！當然要收錢的啊！」

泡泡堆裡，兩人又開始了久違的聊天。

泰哥閉著眼睛，非常珍惜此時此刻的單純時光。

雖然整天打打殺殺的日子已遠，但一天在江湖，就一天得提心吊膽，可以像現在這樣舒舒服服閉著眼睛聊天，不用計較地盤的大小，不用提防仇家的暗算，實在是一種平靜的奢求。

「妳覺得跟我覺得，有一樣嗎？」王姊用氣音偷偷問。

「一樣吧。」老闆娘也是氣音。

「就是那樣？」張阿姨也走過來，用氣音加入討論。

「當然就是那樣。」老闆娘很篤定，當然還是氣音。

一直在旁冷眼旁觀的老闆娘心底猜，這個黑道大哥這麼照顧小芬，肯定是別有所圖。不過小芬姿色平平，路上隨便找一個女生都不見得輸給了小芬，這個見多識廣的黑道大哥怎麼會看上她呢？就算看上了小芬，爲什麼要用這麼費事的方法討她歡心呢？

不明白，老闆娘不明白。

不明白，泰哥自己也不明白。

泰哥當然是喜歡女人的，但自從第一個老婆跟第一個小老婆都死了以後，女人對他的意義就等同於發洩的對象，泰哥插股的色情場所裡多的就是這樣的女人，泰哥也沒停止過消費這樣的女人。

但小芬，這個幾乎可以當泰哥女兒的年輕女孩……

「在發呆啊？」小芬按摩著泰哥的太陽穴。

「……沒啊，只是太放鬆了。」泰哥莞爾。

女人對愛情的心思很複雜，男人就簡單多了。

會分不清楚什麼是友情、什麼是愛情、什麼是一夜情而陷入困擾的永遠是女人，男人打從一開始就很清楚眼前的女人在自己心裡是什麼。儘管小了自己二十幾歲，泰哥當然明白自己並不是將小芬當女兒在疼，而是男女之間的那種……有點色色的喜歡。

可泰哥不明白的是，爲什麼……爲什麼自己在這個拿著剪刀的女孩面前，就變得不像平常威風八面、說什麼是什麼的那個黑道大哥？還得面紅耳赤地命令手底下的小弟到這間理髮店，一顆頭一顆頭輪著這麼一招，不僅小弟們丟臉，自己也暗暗覺得很好笑。

「所以你兒子最近都不理你啦？」小芬拿著刷子撥掉泰哥鼻頭上的屑屑。

「完全把我當空氣啊。就連跟我要零用錢，都只留紙條在桌上，唉。」

「是喔。」

「反正他馬上就要搬到師大的學生宿舍去住啦，眼不見爲淨。」

「是喔。」

「畢竟是自己的兒子。而我，再怎麼壞，畢竟也是他老爸啊。」

「也是喔。」

大功告成。

小芬拿起鏡子，前後鏡對照著讓泰哥看看他的新髮型。

一顆忠厚老實的……路邊賣豆花用的歐吉桑頭。

「好了，你看看！是不是比一個月前幫你設計的還帥！」小芬得意。

一如往常，泰哥滿意地點點頭：「這麼有威嚴，今天晚上去談判的時候，一定可以給那些王八烏龜蛋一點壓力。很好，很好。」

小芬楞了一下：「你要去談判啊？」

「是啊，有間賭場的地盤說不清，三派人馬都想分一杯羹，談不好就會當場開打。」泰哥的語氣有點驕傲。男人就是這樣的動物，如果打架勢不可免，就會變成說嘴的題材：「三派人馬，打起來比菜市場還熱鬧啊。」

「很危險嗎？」

「據說其中一方有噴子，所以我們也會帶幾把過去，以防萬一。」

「我記得你說過，噴子就是槍吧？」

「對，這兩年從大陸那邊運了好幾箱黑星過來，搞得大家不想有槍都不行了。」

「喔。」

喔之後，小芬抹了一層白膏在泰哥左邊的眉毛上，趁他還沒會意過來時，剃刀一閃，已將那條無辜的眉毛整個削掉。

「！」泰哥嚇了一大跳，整個人在椅子上僵住。

對泰哥的反應視若無睹，小芬仔細地刮著眉上餘毛，刮得乾乾淨淨。

「這……這……」泰哥口齒不清，完全不曉得該說什麼：「妳……」

少了一條粗濃眉毛的自己，完全變成了小丑！

「這個少了一條眉毛的新造型，保證你沒有那個臉去跟人家談什麼判，所以包你平安健康，乖乖回家被兒子恥笑。」若無其事，小芬淡淡地說：「怎麼樣？今天的造型還滿意嗎？」

胸口被某種無法形容的「重量」高速撞擊。

心臟完全停止，聲音抽空，每一個運送氧氣的細胞都緊急煞車。

泰哥只能深深一呼吸。

「這眞的是，我要的感覺啊……」

8

一年又七個月過去了。

這附近每一個黑道分子的頭，都曾遭到小芬的剪刀荼毒過。

無數次的「感謝小芬姊！我非常滿意！」在理髮店內響徹雲霄。

不可諱言，在黑道分子的犧牲奉獻下，小芬的刀上技術眞的是越來越好了，有時候老闆娘也會排一些普通大叔給小芬試試看，小芬的表現也過得去。

距離小芬眞正的「出師」，是越來越近了。

左邊的眉毛終究還是慢慢長了回來。

每兩個禮拜，泰哥總要自己來剪一次。

小修一下，洗洗頭，偶而染一染。

重要的是聊聊天。

聊完了天，泰哥也不會多逗留，也沒有邀過小芬吃宵夜。

泰哥自己也不明白爲什麼。

應該說，這一年多來泰哥對自己是越來越不了解了。

烏煙瘴氣的賭場外，三根抽到一半的菸。

「老大，這就叫純純的戀愛。」一個頂著中規中矩國中生頭的粗漢說。

「誰問你了？」泰哥瞪了他一眼：「沒大沒小。」

不過沒什麼威嚴，因爲泰哥的頂上造型太缺乏殺氣了。

「老大，要不然小的幫您開個口，約小芬姊出來跳個舞？」一個中分郭富城頭的小弟好心建議：「還是吃個飯？我知道東區開了間很不錯的餐廳，把妹一試就中！」

「誰又問你了？」泰哥也瞪了他一眼：「我做事還用得著你教？」

現在這樣很好。

或許在眞心喜歡的女人面前，自己大了對方二十多歲，終於讓泰哥感到自卑了吧？對一向無往不利的泰哥來說，這倒是新奇的體驗。

泰哥不明白，不明白的事太多了。

但只要目前一切都好，也就這麼一直一直好下去吧。

一成不變，終究會招來反常。

「泰哥，最近小芬姊的心情好像不是很好？」

「喔，是嗎？」

色情指壓店的暗房裡，兩個赤裸女郎抓著鋼管，踩在兩個男人的背上按摩。

「就我的頭啊。」一起來玩女人的小弟指著自己的頭。

光頭。

毫無技巧，沒有一絲妥協的大光頭。

「喔，小芬的新髮型啊。」泰哥不動聲色，心中卻暗暗好笑。

「光頭是無所謂，但我總覺得……小芬姊都沒說話，剃頭的時候……嗯啊該怎麼說咧，反正就蠻粗魯的。」光頭小弟紅著臉，一五一十地向泰哥報告。

仔細一看，這可不是簡簡單單的一顆光頭，光禿禿的頭皮上面爬滿了新鮮的傷痕，深淺不一，沒細數便有十幾處傷口，顯見小芬在刮他腦袋的時候動作非常豪邁。

「她沒理過光頭，技巧比較差一點吧。」雖然小弟可憐，但泰哥不以爲意：「別跟小芬姊計較。」

「是，老大。」小弟不敢繼續辯駁下去。

第五天，泰哥在柏青哥店打小鋼珠的時候，又碰上了鄰座的一顆光頭。

「啊！老大！」頂著大光頭的刺青壯漢趕緊打招呼：「這麼巧！」

泰哥覺得很好笑，點點頭：「小芬最近在練光頭啊？」

「大概吧。」刺青壯漢皺眉，有點埋怨地摸著頭說：「不過小芬姊不曉得在不爽什麼，從頭到尾都沒講半句話，還……」

還怎樣？

泰哥看清楚了，刺青壯漢頂上的光頭貼滿了可笑的OK繃，想必將OK繃撕開後也是傷痕累累滿佈創口的版本。

「據說前兩天阿六跟山貓也被理了光頭，山貓因為太痛了突然動了一下，反而被剃刀割得更深，還飆血咧！」刺青壯漢開了個頭便說個不停：「今天按班表輪到竹竿仔去理髮店，他嚇得還想裝病跳過去咧！」

「小芬心情真有那麼不好？」泰哥納悶。

「她什麼都沒說，我也不敢問。」

「這麼奇怪。」

「我們都在猜……」刺青壯漢囁嚅道：「是不是老大你跟小芬姊吵架啦？」

吵架是沒有，有十幾天沒見面了倒是。

又過了一個禮拜。

三個幫派聯合投資的色情三溫暖裡，剛完事的泰哥坐在大池子裡閉目養神。

整個池子裡十多個牛鬼蛇神都是傷痕累累的光頭。

「對了老大，過兩天權老頭找你談判老王那間剝皮店的生意，我們要不要帶噴子去？」高瘦光頭拿著毛巾幫泰哥擦背。

「帶啊，帶著有氣勢嘛。一想到他們有帶我們沒帶，還談個屁？」泰哥一副天大地大的不耐煩：「但吵歸吵，掀桌子歸掀桌子，誰也別眞的給我把事情搞大，跟我出來混這麼久了，別把我當成隨便叫你們去死的那種大哥！」

「是！大哥！」十幾個光頭異口同聲。

他們就是崇拜泰哥這一點，能不打仗就不打仗，有時吃點虧也沒關係，重要的是大家一起賺錢歡樂，培養元氣，地盤上的店自然興旺。

也正因爲如此，一旦溫和的泰哥決定開打，這些小弟跟小弟的小弟也不會有一句廢話。要知道，沉默寡言的獅子一旦開了口，背後一定有他大吃四方的理由。

「那泰哥，我們約哪好？」一個疤面光頭幫泰哥澆熱水。

「權老頭那王八蛋怎麼說？」泰哥扭了扭脖子。

「他說看你。」疤面光頭重新舀了水。

「既然談的是剝皮店的生意，就約在老王那間剝皮店附近的店吧。」泰哥想都沒想，迅速做了決定：「就找一間店坐下來吃吃喝喝，交給你。」

「是。」

剛剛女人都爽完了，現在正事也很快談完了。

話題終於輪到最近眞正讓大家揮之不去的夢魘……

「老大。」刺青壯漢光頭鼓起勇氣：「我們私下討論了很久。」

「是光頭的事嗎？」泰哥嘆氣。

十幾個赤裸裸的光頭一起點頭，場面十分壯觀。

泰哥又嘆了一口氣。

他實在很不喜歡、也不習慣跟小弟們聊小芬的事，怪沒面子的。但這些小弟千瘡百孔的光頭因他而起，如果不聽聽他們怎麼說，當老大的實在沒立場繼續命令他們進理髮店。

「既然你們沒有吵架，那麼小芬姊應該是在氣你。」矮個子光頭一向是幫派裡的軍師人物。

「氣我？」泰哥揮揮手，這決計不可能。

「你們認識都快兩年了，老大你喜歡小芬姊，小芬姊又怎麼會不知道？」

「……」

是啊，這麼多小弟前仆後繼，像諾曼第登陸一樣把頭插進理髮店，一直笑嘻嘻揮舞剪刀的小芬豈有不知道的道理？

「如果小芬姊想拒絕老大的愛，一定會拒剪我們的頭，是不是？」大胖子光頭舉手，所有光頭齊聲說是。

「小芬姊一直剪，就是一直在暗示老大你啊！老大！」不知道是哪個光頭。

「重點是小芬姊沒有男朋友，這我們早就調查清楚。」矮個子光頭。

「就算小芬姊曾經有過男友，現在土上的草也比人還高了。大家說是不是？」暴漢光頭對著空氣比中指。

「而且我們也敢保證，這一帶只要有人喪心病狂泡我們小芬姊，當天晚上就會被我們綁在消波塊上扔下去填海。所以小芬姊唯一可以喜歡的人，就是老大你啊！」高瘦光頭越說越激動，整顆光頭都震了起來。

「所以小芬姊一定是喜歡老大啊！」十幾個光頭眾志成城大吼。

泰哥窘到很想一口氣砍掉這些小王八蛋……從他們口中脫出的機八邏輯，果然是流氓。

牛牽到北京還是牛，流氓剃了光頭還是流氓。

「到底結論是什麼？」泰哥不想再討論下去，直接進結論吧。

結論就是，拖了這麼久，小芬姊終於感到不耐了。受逼於女性的矜持，小芬姊當然不能主動向泰哥表白，所以只能迂迴透過別種方式讓泰哥知道她久等不到眞愛的怒氣。小芬姊將所有上門的黑道都剃成光頭，而且是最殘忍的剃法——終極的硬刮硬推、完全無視頭型起伏的亂剃！

爲什麼？就是要透過小弟的痛苦，讓泰哥知道她已瀕臨極限。

那是一種由愛生恨、因恨而更愛的愛。

「可以說是愛情裡最厲害的一種。」矮個子光頭鄭重地瞎掰。

「雖然大家都說，曖昧是戀愛裡最美最值得再三回味的部分，但是老大，夜長夢多啊！」在租書店讀了三十幾本言情小說的刺青壯漢光頭，或許是整個幫派裡最懂愛情的人吧：「都那麼久了，你遲遲不表白，簡直就是在玩弄小芬姊啊！」

「是啊！也難怪小芬姊把氣出在我們的頭上！」高瘦光頭抓著自己的頭。

「我們的頭不算什麼，但小芬姊的暗示絕對不可以裝傻啊！」疤面光頭大叫。

「如果你再不行動，老大……恕小的這麼說，你就……太不像個男人了！」不知道是哪個光頭竟冒出這種逆鱗的句子，還得到多人附和。

「老大！辜負小芬姊就是你的不對了！」

「為了光頭我們可以忍，但為了小芬姊的幸福，我們不能忍！」

「老大你讓我太失望了！」

「我們害小芬姊不能正常交男友，老大你卻天天爽別的女人，這樣對嗎！」

再不做些事堵住這些傢伙的臭嘴，不曉得還會聽到多少更離譜的話，泰哥用力一拳打向冒著蒸氣的水面，大叫：「閉嘴！說一點有營養的東西！」

水花四濺。

接著就是琳琅滿目的獻策時間。

每個人都有把妹的經驗，尤其這些混黑社會的男人們更是個個自比情聖，而每個人都與小芬有過好幾次剪髮的聊天經驗，絕對不是完全不熟悉狀況的鬼扯，於是討論非常熱烈，搞得泰哥更加的尷尬。

統整了大家的意見，結論非常簡單：

小芬姊喜歡看中華職棒，卻一直沒看過現場的職棒比賽，不如由泰哥買最好最前面的位置帶小芬姊去市立棒球場看時報鷹隊的比賽。既然是小芬姊喜歡的活動，相處也會十分自

然，泰哥只要跟小芬姊一起大聲加油就好。

看完了職棒，就一起到餐廳吃飯。

餐廳不需要選太高級的地方，但務必要離汽車旅館近一點。

「我們從來沒一起吃過飯，這樣會尷尬。」泰哥嚴厲地說。

「這簡單。」矮個子光頭早就想好了。

另一方面，棒球比賽一結束就出動幾個小弟，拿槍把時報鷹隊的主力球員押走，押到餐廳陪小芬姊一起聊天吃飯，肯定是個超級大驚喜。看到平日崇拜的英雄出現在面前，小芬姊光笑都來不及了，怎麼有時間尷尬？

當然在押送球員的過程中要對他們再教育一番，命令他們自動自發在飯席間向泰哥敬酒，讓泰哥在小芬姊面前大有面子，增添男性的雄風。

酒足飯飽後，當然輪到重頭戲上場，但第一次約會絕對不能立刻前往汽車旅館辦事，這樣會太突兀。

「的確是太突兀。」泰哥臉都紅了，只好用雙手掬了把熱水澆臉。

「顧慮到小芬姊的矜持，開房前來點插曲總是好的。」刺青壯漢光頭篤定地說。

在走出餐廳的時候，將由一群海山幫的混混突然出現、扮演攔路調戲小芬姊的無賴角色。而泰哥要做的事很簡單，不外乎就是出手教訓這些無賴，保護飽受驚嚇的小芬姊。

海山幫與泰哥的堂口素來交好，黑社會平常打打殺殺日子過得十分無聊，偶而可以演個戲換個口味，又可向泰哥討個人情，好事的海山幫想必十分樂意。

當然了，逼眞才有效果，海山幫的小混混也不可能放過偷打泰哥的好機會，泰哥一定會挨幾下粗手重腳，在所難免。受傷對泰哥來說，說不定更有男人味。

打敗小惡棍，大惡棍泰哥就可以摟著小芬姊說：我看妳嚇壞了，不如我們找個地方讓妳休息一下，洗個澡、看個電視收收驚再回去吧。

「小芬姊很可能沒交過男友，所以老大你務必要溫柔點。」

「女孩子的第一次很重要，老大你千萬不可以照平常那樣猛幹……」

「老大，我看書上說幹完女人絕對不可以倒頭就睡，要先聊一下天！」

「汽車旅館不一定有送保險套，老大你還是自己帶在身上吧！」

「萬萬不可！事先帶保險套就暴露老大有預謀了啊！冒險一下OK的啦！」

「都馬是第一次就中鏢……算啦！就算中鏢也是美事一樁啊！」

你說一句，他勸一句。每個人都苦口婆心，諄諄告誡的模樣。

被圍在一群光頭核心的泰哥終於氣炸了：「有完沒完啊！閉嘴！通通閉嘴！」強硬結束了這場戀愛大作戰會議，泰哥的耳根子都紅到了脖子下。

每個挨罵了的光頭都心滿意足地看著泰哥，那表情好像在打量自己心愛的孩子，笑呵呵地，彷彿一切都值得了……

9

正午時分，迎面吹來的風有些燥熱。

口袋裡放著兩張最好位子的票，泰哥難得的感到緊張，擦濕了整條手帕。

一如往常走進了理髮店，卻無法一如往常地挺直腰桿。

老闆娘不在。

娟姊正在為一個不斷打盹的小孩子剪頭髮，張阿姨正在看電視新聞。

沒客人、沒在掃地、也沒在整理瓶瓶罐罐的小芬正趴在桌上睡覺。

坐在電視機前面的張阿姨一見泰哥走進，便主動走到小芬旁邊將她搖醒。

小芬睡眼惺忪地起來，額頭上還有一個紅紅的手臂印。

「……」小芬揉揉眼睛。

「那個……剪頭髮。」泰哥鎮定地說，但表情一定帶著古怪。

蓋上毯子，一句話也沒說，小芬冷冷地開始幫泰哥洗頭。

小芬用沉默隱藏住的情緒完全表現在手指上。

毫無技巧，像雞爪一樣狠狠亂抓，泡泡還飛濺到泰哥的臉上。

果然這小妮子眞像那些小王八蛋說的，心情欠佳啊……

「這幾天，天氣轉涼了。」泰哥酷酷地說。

「……」小芬沒有反應，抓得很用力。

聊天氣好像沒搞頭啊？

笨啊自己！明明知道人家生氣，還聊什麼天氣呢？泰哥暗暗懊惱。

「最近我那些小弟，都被妳剃成光頭啦……哈哈，我自己看了都好笑。」泰哥科科科自顧自笑了起來：「還有幾個還因此感冒了，眞的笑死我了哈哈！」

「……」小芬好像抓得更大力了，泡沫明顯流到泰哥的鼻子上也不管。

傻了！

人家把他們都剃成光頭就是在生氣，哪裡好笑了？泰哥在內心給了自己一拳。

「我，最近想了很多。」泰哥嘆了一口氣。

「……」

「關於一些，未來的事。」泰哥也不知道爲什麼要這樣斷句。

「……」

破題啊！

快點破題啊阿泰！

你每天都在搞女人，怎麼就偏偏這一個搞不定，學人家裝什麼情聖？

「我並不是一個很會想的人，也不是……這該怎麼說呢？這……」

「……」

「有些事不一定可以用話講得清楚，不過完全都不講的話，就一定不清楚。有時候我們人與人之間的溝通，的確是太依賴語言了，本來的意思其實是跑掉了，所以啊……」

所以啊什麼？你在說什麼啊阿泰！

正當泰哥滿臉發熱之際，小芬忽然一把水沖下，迅速結束了頭皮按摩。

一想到小芬這麼不開心都是自己遲遲沒有表白的緣故，泰哥忍不住自責起來。再加上，剛剛自己又支支吾吾不知道在說什麼鬼東西，讓一向朝氣蓬勃的小芬失去耐性，完全就是自己不好！

水沖一沖，泡沫都沒沖乾淨乾布就擦上來。

小芬的動作之快之隨便，讓泰哥內心的歉疚更深了。

頭髮還很濕，簡單吹一吹——距離吹乾還有很遠的距離，小芬便拿起了剪刀一陣亂七八糟的快剪，大片大片掉落的頭髮讓泰哥的內心世界更加混亂。

放下剪刀，小芬拿起電動推剪，啓動開關。

「！」泰哥的身體僵住。

「……」小芬默默地將推剪放在泰哥炙熱的耳朵後面。

泰哥閉上眼睛，竭力鎖住眉毛。

也是光頭嗎？

好吧，這是自己應該受到的，最基本的懲罰。泰哥咬緊牙關。

或許是看見泰哥沒有出聲抵抗，唰地一下，小芬的推剪已粗魯地劃掉泰哥一大撮頭髮。

然後一下接著一下，不太鋒利的推剪又割又拔的，除了將頭髮鏟離頭皮外，也弄出好幾道拙劣狼狽的傷口。

泰哥一動也沒動，半聲也沒吭。

意外的，這種凌遲頭皮的痛苦恰恰給了泰哥救贖。

越痛，彷彿內疚便清償越多，深鎖的眉頭便鬆開了一分。

等到泰哥看見鏡子裡的自己也成了一顆鮮血淋漓的大光頭後，他的忐忑不安也完全消失了。取而代之的，泰哥的表情回復到一年又七個月前的梟雄模樣。

從容不迫。

即使是個光頭，依舊是個瀟灑的光頭。

「小芬，明天早點下班，我帶妳去看棒球。」

泰哥爽朗地看著鏡子裡，站在自己身後的小芬。

原本一直都面無表情的小芬，握著推剪的手竟微微顫抖。

「時報鷹對味全龍的比賽，我透過關係買了兩張最好的票。」

鏡中的泰哥，凝視著鏡中小芬的雙眼。

「去死啦！」

小芬忽然大叫出來。

「都是你們！都是你們這些壞蛋！大壞蛋！」小芬用推剪指著門口，聲嘶力竭地大吼：「出去！以後我再也不想看到你們！你再也不要進來！」

「？」泰哥宛遭雷擊，呆呆地看著失控的小芬。

娟姊楞住了，張阿姨楞住了。正在剪頭髮的小朋友也楞住了。

眾人注視下，小芬哭了。

淚水爬滿了她的臉，就如同這兩個禮拜來的每一個晚上。

「永遠！永遠都不要再回來了！我寧願洗一輩子的頭，也不想幫你們這些壞蛋剪頭髮！我當洗頭妹，也比你們這些壞蛋好！好一百倍一萬倍！」

「……」泰哥不說話，只是沉著臉。

不曉得小芬在氣什麼，總之，不是在氣自己沒約過她這類的事。

小芬持續用大吼大叫宣洩著自己的憤怒。

泰哥走到櫃檯，從皮包拿出五百塊放在桌上，面無表情地推門出去。

風鈴串響。

背對著曾經救過自己一命的小芬，頭低低的泰哥沒有轉過身再看一眼。

越走越遠。

小芬蹲下來，將臉埋在兩腿之間嚎啕大哭，哭得完全沒力氣自己站起來。

理髮店裡的小電視機，兀自播放著新聞快報：

「中華職棒假球案又有最新的發展，今天下午台北市調處約談王光熙、廖敏雄、曾貴章、褚志遠、李聰富、陳執信、謝奇勳、黃俊傑、邱啓成等九名時報鷹球員，經檢方複訊後，諭令以五萬元交保，對於黑道介入比賽的細節，檢方正積極蒐集幫派分子收買或恐嚇球員等相關證據，而居間行賄的白手套……」

10

沒有人敢取笑泰哥的光頭。

今晚在與權老頭談判之前，泰哥叫齊那晚拚命獻策的每一顆光頭在馬路旁集合，一記拳頭配一個光頭，狠狠地砸，砸到每個人的眼淚都流了出來。

「混蛋！我幹你娘！」

「你！我幹你娘！」

「站好！幹！幹你娘！」

泰哥的不爽到了極點，沒有人有膽問一句，只是站好、低頭、挨打。

今晚誰都不會好過。

在約定的時間到了與權老頭約定談判的海產店時，這邊的人馬全都變成了鼻青臉腫的豬頭。被泰哥狠狠教訓了一頓的大家，神色間多了一股戾氣。

每個光頭事先都聽了吩咐，帶了手槍在身上，但只低調地插在腰後壯壯膽。

權老頭的人馬在數量上與泰哥的人馬旗鼓相當，在店裡雙方各據半邊，比較有分量的角色都圍著圓桌佔了個位子坐，地位低微的便靠牆站。

都談了一小時了，氣氛一直不大對勁，圓桌上滿滿的酒菜幾乎都沒有動過。

這氣氛並非肅殺，而是權老頭完全摸不清泰哥在想什麼。

打從一開始泰哥便一直眉頭深鎖，語焉不詳，城府極深的模樣跟傳聞中豪爽的泰哥完全不是同一回事，只想著要怎麼佔泰哥便宜的權老頭，臉色也越來越難看。更令權老頭在意的是，這泰哥好端端的幹嘛理個坑坑疤疤的大光頭，是不是有點精神異常？

你不講話，我也懶得跟你多說，談判間不正常的沉默斷斷續續，只有鐵架上的收音機流暢地發出填充空氣的新聞播報。

膠著的狀態，不可能一直緊繃下去。

始終心不在焉的泰哥，忽然將手槍大剌剌啪地一聲地放在桌子正中央。

「你這樣，是不想談了。」權老頭冷笑，身後小弟裝模作樣踏出半步。

「談！怎麼不談！」泰哥用力拍著桌面，一條煎魚差點給拍翻了面。

在場所有人的心跳都瞬間加速起來。

「看你是要跟我談，還是要跟我的槍談！告訴你老王的剝皮店是我搞起來的，同一條街上你要是搞出一樣的生意，開幕第一天我就用子彈幫你裝潢！」

「你這是不講道理。」權老頭臉色發青。

「幹！你黑道，我黑道！誰跟你講道理！**要講道理就去報警啊！**」泰哥話越說越激動，口水都噴到權老頭的臉上：「今天我就是拿槍頂你！你要是覺得你槍多過我你的店就照開！我打你！你再打回來！一個禮拜後看看誰剩下的子彈比較多！幹！我幹你娘！」

「有沒有搞錯？爲了區區一間剃皮店你要開打！」

「爲一間店又怎樣！你刮我車不賠我，我照樣殺你全家！」

「你他媽混的是不是黑社會啊！講不講江湖規矩啊！」

權老頭嘴上怒極，心中卻極爲震驚泰哥的瘋狂。

他媽的到底是誰在胡說阿泰轉性了，雖然這傢伙這幾年賺了那麼多錢，骨子裡流的還是當年那動不動就砍人的瘋子血，自己竟妄想平白佔他便宜？

「幹你娘！我三天我就打趴你！」泰哥用力拍桌，每一雙筷子都震落了：「等一下走出這間店就開打！你快點打電話叫人幫你擋子彈！喂！大家打電話！」

泰哥身後的光頭小弟們，只好拿起笨重的黑金剛手機慢慢撥號。

這下慘了。

權老頭身後一排小弟也只好跟著拿起手機，開始道上習以爲常的叫人比賽。

「你……你不要以爲有槍多了不起！告訴你我老權也是有一票兄弟要養！」權老頭握緊

拳頭，但心亂如麻：「就算我答應，我的兄弟也不會答應！」身後一整排小弟卻快尿出來了。

此時，原本要開口回嗆的泰哥，被收音機的新聞播報內容給吸走了注意力。

「再來是職棒簽賭案最新的發展，截至目前爲止時報鷹隊因賭博放水案使陣中本土球員只剩張耀騰、尤伸評二人，董事長周盛淵也因此而引咎辭職。聯盟將考慮於近期召開臨時常務理事會，會中決議各隊以借將方式，支援時報鷹隊打完下半季比賽……」

泰哥怔了一下。

渾不理會現場一觸即發的恐怖狀態，泰哥陷入了奇異的沉默。新聞繼續播報，泰哥沉浸在充滿淚水的咆哮聲中。

原來，是這麼一回事。

這樣也是應該的。是吧。這也是人之常情。

小芬啊小芬……

恍然大悟的泰哥，心中有無限個死結一起解開。

低頭看錶。

嘖，十一點三十分，現在理髮店應該打烊了吧？

明天，明天理髮店的門一開……

「最後給你一個台階下。」

泰哥冷冷地夾起一片冷掉的蟹肉塞進嘴裡：「你讓我在你開的兩間贓車零件店插股，我就讓你跟我一起把剝皮店的生意搞大。誰也別佔誰的便宜，大家一起省子彈。」

雖然與權老頭預期的收穫差距不小，但這時有下台階不走才是大白痴。

「好！一句話！」

權老頭的聲音略微顫抖，但依舊不失大哥本色：「你賺我的錢，我賺你的錢，加起來兩個人的錢一定比沒加起來的還大！乾杯！」

兩個江湖大哥舉起酒杯，圍著圓桌罰站的所有小弟全都鬆了一大口氣。

一場根本不必要發生的腥風血雨，莫名其妙在剛剛煙消雲散。

「一起賺大錢！」

就在這大和解的一瞬間，一陣奇怪的巨大撞響聲吸引所有人的注意。
泰哥、權老頭、雙方小弟、廚師與服務生不約而同轉頭看向海產店門口。
如一隻兇獸，失控燃燒的兇獸。
那撞擊聲響的「原因」以讓人無法反應過來的高速衝向圓桌。

魚缸碎了。
人飛了。
桌子翻了。
酒水灑了。
聲音沒了。

泰哥拿著即將就口的酒杯，心想：
口袋裡被自己撕爛的兩張球票，若好好拼黏回去，不曉得還可不可以進場……

11

喀嚓喀嚓。

鏡子前，小芬小心翼翼修著一個高中男生的鬢角。

不經意地往旁一看，熟悉的空位上，放著一條仔細疊好了的毛毯。

球賽快開始了吧，怎麼還不來接她呢？

該不會眞的被嚇到了吧？昨天自己眞的有那麼兇嗎？

不過，既然兇都兇過了……

該哭的眼淚就流到昨天爲止，剪貼簿畢竟就只是剪貼簿罷了。

仔細反省起來，自己好像也沒什麼資格批評那些球員，畢竟一張入場票都沒買過，還跟人家說什麼支持不支持？只是剪剪貼貼一些新聞報導就把人家當英雄膜拜，其實那些所謂的英雄也不欠自己什麼吧。

在電視機前的美好回憶，就當作僅僅是那樣的東西吧。

陰陰的天空打了一記悶雷。

一直醞釀著某種情緒的天空，終於落下雨來。

下雨了啊……

說不定再大一點點的話，等會的球賽也打不成了吧。那樣正好。

說不定這場雨會一直下、一直下、下個不停。

說不定越晚，雨越大。

說不定有點膽小的他，在店打烊的時候才會矮著身，拉開鐵門濕答答鑽進來吧。

說不定即使進來了，他也不知道要說什麼。

「晚點你來，我再幫你好好洗個頭當賠罪吧。」小芬喃喃自語。

「什麼？」高中生疑惑。

「沒。」小芬笑笑地放下剪刀，拿起小鏡子：「看看後面，帥吧！」

……不過，都剃成了一顆大光頭，要怎麼洗啊？

小芬看著門外空蕩蕩的小巷，不禁噗哧笑了出來。

Chapter 05

在陰道逆向行駛的英雄

2005

1

老舊的邊境旅館裡，隔壁房震耳欲聾的打呼聲輕易地穿透木板隔間。

沾滿泥土草屑的行李散落一地，乾癟的背包虛弱地伏在床上。

潮濕的浴室積鬱著一股從老舊水管探頭出來的霉氣，貼壁的藍色馬賽克磁磚剝落了大半，濃重的霧氣爬滿了鏡子、結長出了一顆顆的水珠。

浸在早就不熱的浴缸水裡，只露出鼻子以上的半顆頭，手指的指紋都泡皺了。

「呼。」

足足有三個多月沒有洗過澡了。

這間其貌不揚的旅館竟有貨眞價實的熱水，讓群智深深覺得「美金」果然是這個世界上最美妙的發明，可以用來換取這麼奢侈的享受。

群智看著深灰色的腳趾甲，營養不良的惡狀老老實實反映在身上。

伸手拿起放在馬桶蓋上的半條硬麵包，深情地咬了一大口，再放回去。慢慢地在口中咀嚼，讓麵包的滋味自舌間慢慢滲透進體內，彷彿體內所有的細胞瞬間被滋養長大了兩倍。

好吃。極好吃。

不愧是人類自己做出來的加工食物，遠勝在野地裡胡亂摘採的果子。

「……」群智感動得有點想哭。同時也為自己這份感動感到由衷的害怕。

繼續這麼「出發」下去，自己一定會死。

一定。一定會孤獨地客死異鄉。

群智非常清楚自己的能耐，也從不高估不屬於他的幸運。事實上，群智並不是一個喜歡冒險的人，卻在過去的十年裡經歷了很多人二十輩子也累積不到的危險。

他曾在西伯利亞的凍原上看過被寒氣凍結住的日出。他曾在分不清東南西北、甚至分不清此刻是清醒還是夢境的戈壁大沙漠上閒晃。他曾漫步在亞馬遜河河畔，眼睜睜看著鱷魚與蟒蛇為了誰可以吃到自己而大打出手——最後是蟒蛇絞死了鱷魚，他趁隙逃脫。

大自然可怕，人類的惡念也不遑多讓。

他曾出現在莫斯科黑幫火拼的現場，變成槍林彈雨間的活動肉靶。最後左邊屁股挨了一槍，以致現在走路走快點就會有些半跛，而左腳有三根腳趾對冷熱毫無感覺。

他曾墜落在北韓集中營外僅僅一公里的軍事管制區，在大樹上瞬間聽見行刑的槍響。若不是萬分之一的幸運讓他闖進一條年久失修的廢棄地道，他完全沒有頭緒該怎麼逃出那一個瘋狂的爛國家。

他被索馬利亞的海盜挾持過三個禮拜，趁著海盜們黑吃黑的火拼空檔偷了一艘快艇逃走，汽油用罄後在大海漂流十一天終於撞岸獲救。

最恐怖的是忽然出現在舊北越荒山裡的地雷區，每一步都充滿了威嚇性的死亡氣息。幾十年前默默迎接美利堅合眾國的上千枚地雷，等不到美軍引以為豪的陸戰隊，如今變成了盛大的死亡宴席，獨獨邀請他出席。最後連他也不知道自己是怎麼從地雷區完好無缺走出來的。

無數次的飢餓與恐慌摧殘過群智，在他的身體裡累積下許多不可回復的傷害，更為他入睡後的夢境準備了各式各樣恐怖的題材。明明只有三十一歲，看起來卻像四十歲的中年男子，連疲倦的靈魂都被折磨得老態龍鍾。

重新打開傾瀉而下的熱水，暖暖皺巴巴也瘦巴巴的身子。

又咬了旅館提供的麵包一大口。

一邊萬分珍惜地咀嚼，一邊思索如何「安全地雇車」將自己從敘利亞邊境帶往稍微文明稍微和平一點的地方，比如南部的約旦，或是西南的黎巴嫩。

按照過去的經驗，在這種動盪不安的國家的同一間旅館待太久，遲早會被不懷好意的在地人給盯上，輕則被搶劫，重則被搶劫然後再被另一批人搶第二次。

噗哧。

看看自己現在疲倦不堪的慘狀，竟然還擔心被搶劫？

哈哈，群智想大笑自我解嘲，但表情已累到無法產生任何變化。

無論如何先在這間旅館大睡兩天三天，養足精神後再走吧。

帶著鐵鏽味的熱水持續嘩啦嘩啦沖進溫水裡，一點一滴補充了群智更多身爲人類的感覺。也讓群智有多餘的心思去思考自己當下處境之外的、更多一點的問題、唯一的一個問題……

如果時光可以倒流。

回到十四年前，自己還會做出一樣的選擇嗎？

2

遙遠的十四年前，年僅十七歲的林群智不過是個非常普通的高中生。

嚴格說起來，是比普通的均值還要略微往下的懦弱高中生。

林群智偷偷喜歡著坐在他後面的女孩，每天都暗中觀察著她的一舉一動。有時會在校門口徘徊，等她走出學校後一路保持不可能被發現的遠距離跟著她回家，遠遠看著她走進家門後才戀戀不捨地離去。

可惜這個女孩一點也不普通。

從高一開學的第一天起，她就是被全班排擠的女孩，理由非常荒謬：她是殺人兇手的女兒。因爲這種理由就被排擠，發生在國小還可以理解，但發生在高中？更荒謬的是，連理當主持正義的班導師都帶頭欺負她，令她孤立無援，讓班上的壞學生變本加厲。

不可能班上每個人都覺得這樣排擠一個無辜女孩是對的，但絕對沒有一個人敢對她伸出援手——非常明顯，只要站在她那邊爲她說一句公道話，從此以後全班要排擠的人就會變成兩個。

林群智不明白為什麼受到如此集體霸凌、甚至可說是嚴重羞辱的女孩，完全沒考慮過轉學？她意外的堅強充滿了謎團，讓個性懦弱的林群智對她的喜歡，又摻雜了一份莫名其妙的崇拜。

這份單純的喜歡，加上強烈而扭曲的敬意，讓群智偶而會冒險給予女孩一點點善意，比如遞衛生紙給她，比如在哄堂大笑時面無表情地看著桌面，比如……比如在心底默默詛咒那些欺負她的壞學生們。

高二，忘了是上學期還是下學期了，學校發生了一件怪事。

有人在掃地時間墜樓死亡，死者正是班上經常欺負女孩的一個壞男生。

姑且不論死者墜樓的落地地點極為離奇，「死者本身其實根本還沒死」才是驚奇中的驚奇。屍體被初步勘驗出的身分，與班上那位經常性騷擾女孩的壞男生相符，但明明那個壞男生好手好腳的，離死很遠，怎麼會是那具屍體呢？這件事說來複雜，總之那位「死者」每天還是到學校上課，帶給班上所有人莫大的恐懼。

後來說也奇怪，某一天放學過後，那位「死者」就神祕地消失了。

留給辦案警察的，就只有當初眾目睽睽下那一具破碎而完美的屍體。

雖然是命案，但對群智來說可不是悲劇。他很開心，非常開心，猜想是他整天拚命的詛咒終於應驗。報應不爽。

他想女孩也一定很開心，因爲那事件過後她的臉上出現了奇異的飛揚神采。他暗暗喝采，爲了慶祝這一份「同屬兩人的勝利」，群智決定稍微縮短一下跟蹤的距離，縮短到即使被發現也無所謂的程度。

那一天放學，群智在校門口苦等不到女孩走出校門。

天色越來越晚，遲遲不見女孩的身影，他感到很緊張。

忍不住回到位於四樓的教室，透過窗簾的縫隙，他窺見難以忍受的畫面。

……一個同樣經常騷擾女孩的王八蛋，正跪在教室的地板上強暴女孩！

等到群智回過神的時候，手裡的美工刀已沾滿了熱辣辣的鮮血。

那王八蛋摀著脖子，漲紅著臉，一句話也說不出來，像尾巴著火的盲牛一樣在教室裡撞來撞去，把桌子椅子都給撞翻。最後那王八蛋還想衝出教室，群智只好擋在門口，往他的肚子補了兩刀。第二刀還將折斷的美工刀刀片留在那王八蛋的肚子裡。

王八蛋腳抽了幾下後，一動也不動了。

殺了人，爲什麼區區一把美工刀就可以殺人呢？

六神無主的群智慌亂地坐在椅子上，看著倒在血泊中的王八蛋發呆。

完蛋了。自己的人生全毀了。家裡不可能有錢請律師的。不，請了律師又能怎樣，明明就是自己動手殺人的沒錯。毀了。完蛋了。接下來的人生都要在監獄裡度過了。聽說監獄有很多變態的事。要逃嗎？可能逃嗎？逃走了再被抓到的機率大到不須想像。沒有救了。自殺嗎？根本沒勇氣自殺。會被判死刑嗎？算是正當防衛嗎？無論如何自己的前方是再也看不見光了……

短短的十分鐘裡，制服沾滿鮮血的高中生經歷了一次極速的負面思想成長，或者說，雲霄飛車般的大扭曲。

衣衫不整的女孩看起來卻沒有太意外的感覺，只是慢慢將衣服穿起來，把釦子一顆一顆扣回去。既不惶恐，也沒有向群智道謝。

更沒有哭。

面對剛發生一件強暴案與一件兇殺案的現場，一個是被強暴的受害者，一個是殺掉強暴犯的行兇者，女孩與群智卻像兩個不同世界的陌生人一樣，相對無語，整間教室就只聽得見黑板旁的時鐘刻度聲。

天黑了，女孩終於開口了。

「是我害了你。」

「沒。」

「你很喜歡我嗎？」

「……」群智沒心思說謊了，脫口而出：「很喜歡，喜歡得要命。」

「爲我做一件事。」

不懂。

剛剛不就爲妳殺了人嗎？

群智毫無想法地看著女孩。

「總有一天，你回來告訴我，這段時間你究竟去了哪裡。」

「我不知道妳在說什麼。」

不知道女孩在說什麼，但群智很快就知道女孩想要自己做什麼。

女孩將釦子一顆一顆解開，卸去內衣，褪去內褲。

自己心目中唯一的女神，美麗而堅強，勇敢而神祕，赤裸裸地站在講台上。

微微凸起的精緻鎖骨，雪白的肩，完美曲線的乳房，淡淡粉紅色的乳暈，纖細的腰，勻稱的小腿，細長的頭髮……

女神不再言語，只是看著自己，用一種從來都無法想像的媚惑眼神。

教室裡的空氣變得很濃郁，濃郁到讓人發狂。

完全不曉得該如何善後這場兇案的群智，還眞曉得現在自己該做什麼事——不須學習也不必模仿，他本能地將自己的陰莖挺入女神的陰部，激動不已地擺動。

在女神慈愛地用身體「報答」自己的此刻，他感到嚴重的自卑，剛剛他竟然還爲了殺害一頭豬而懊悔不已，卻忘了拯救女神才是自己活在這個世界上的唯一目的，能夠用自己的雙手奮力割開侵犯女神的豬的喉嚨，這是何等的榮幸！

女神！

女神！

女神！

直到洩精的前一瞬間，意志崩潰，群智的雙眼才敢看著女神的臉。

四目相接。

女神正溫柔地看著自己。

他再也無法壓抑心中的感動。

全身打顫，緊接著是人生最劇烈的一次哆嗦。

漫長的八個月又十三天後，群智以兇殺案通緝犯的身分偷渡回台。

依照約定，歷劫歸來的群智告訴女神……

「難以置信，我去了馬達加斯加。」

3

人賤天不收。

這回千辛萬苦從敘利亞邊境偷渡回台灣，在體重漸漸回復後，群智又開始著手下一次的「出發」，鍛鍊足以克服危險的體能，儲備所需物品。

他一方面覺得自己很犯賤，另一方面卻毫不意外自己會不斷重蹈覆轍……這十四年來，不就是一直一直重複恐怖的大冒險嗎？

如果要收手，隨時都可以自己喊停，只是……

一旦喊停，過去十四年多達二十三次的出發，就完全不存在任何價值。

更重要的是，一旦喊停，他就再沒有任何理由可以跟女神做愛。

這一切都很瘋狂。

卑微如自己竟可以藉著「探索這其中的意義」與女神纏綿交媾，是多麼不可思議的一件事。每每想到就感動得全身發抖，狂喜而全身蜷曲。

後來他發現，只要付錢，十萬塊錢，每個人都可以跟自己心目中神聖不可侵犯的女神做愛——這是何等瘋狂的事！

無法忍受這樣的瘋狂，卻又完全沒有資格阻止女神這麼做，就某種責任歸屬上的意義來說，女神會變成娼妓，可以說是自己辦事不力所害。群智只好加入不斷「出發」的背包客行列，一次又一次的出發，一次又一次拚命逃回來。

始終支撐群智意志的，恐怕就是將他與其他背包客區別開來的、小小的一個特權。那一場多年前的談話，他視爲慈愛的女神恩典。

第二次出發前，逃亡中的他與還是高中生的女神約在暗巷裡的小賓館見面。

兩個人躺在有點發黃的床上，手靠著手，看著天花板上的鏡子裡的兩人倒映。鏡子裡的兩人，像極了眞正的情侶。

這段日子，女神獨自承受了警方鍥而不捨的盤問，被班上排擠的情況又更嚴重了，相比之下，自己在馬達加斯加所受的苦就太輕鬆了。

女神說了很多話，講了很多自己小時候的事，說了很多稀奇古怪的想法。

他安安靜靜躺在一旁，就當自己是團人形空氣，不敢打擾。

「最近我在讀一本書。」

女神清秀的臉龐，看起來有點哀傷。

「嗯。」群智無法言語，尤其無法直視女神清澈的雙眼。

「書裡第一頁便說，**人生中發生的每一件事，都有它的意義**。」女神頓了頓，輕輕嘆了口氣：「你相信這句話嗎？」

「一定是。」群智篤定。

若不是那天放學後失控殺死了那頭豬，自己也不會有幸受到女神的青睞，必定是冥冥中蘊含著非凡的意義。

「我爸爸臨死前跟我說，人生一定會有好事發生，而我們就是爲了遇見那些好事才努力活下來的。我覺得，我爸爸的意思跟書上的那一句話，很像。」

「我不知道，但……是的，我的確遇見了好事。」

過去女神被欺負的時候，自己總是袖手旁觀，差點就變成「他們」的一分子，一回想起來就羞慚得想自殺。幸虧自己的內心深處保有對女神完整的敬與愛，才能「合理的失控」殺了那頭豬，幸運地不被女神鄙棄，今天也才能夠跟女神這麼獨一無二地聊天……

女神將衣服褪去。

面對女神的施捨，他感動得勃起。

「或許又是個危險的地方，但，我眞希望你有一天能告訴我，爲什麼你會去那個地方？去那樣的地方，跟我又有什麼樣的關係？爲什麼我會突然擁有這樣的能力……這個能力究竟有什麼意義？又爲什麼，我會……」

他想，女神沒說的是，爲什麼她的命運會是今日的模樣吧。

這是個謎。

能夠承擔爲女神解謎的任務，何其榮幸。

「女神，我發誓，總有一天我會找出發生這一切的意義。」

群智感動莫名地，再次從廉價賓館裡的柔軟陰道出發。

日復一日，月又一月。

一次一次的出發後，某次回來，群智發現女神已擁有了許多信徒。

跟那些熱愛親近死亡、只想藉著危機感確認自身存在感的人比起來，群智只是一個單純的恐懼死亡者。他寧可普普通通地活著，也不想忽然出現在不知名的荒山野嶺間，被迫接受沒有期限、不知終點的死亡旅程。

那些背包客都是瘋子。每一個都是貨眞價實的瘋子。可或許在那些瘋子眼中，明明就非常普通的自己才眞的是從頭髮瘋狂到腳趾吧。

「爲了幫唯一的眞愛尋找人生的意義」而出發，正是自己人生的意義。

僅剩。

唯一。

無法被自己質疑。

——逼近瘋狂的意義。

手機震動，充滿召喚氣息的簡訊又來了。

總是在最危險的「第一天」出發的群智走進房間，用跪姿上了女神的床。

「上一次去了哪？」女神撫摸著他的身體。

「敘利亞。」他平靜地說。

「找到了嗎？」

「……對不起。」

女神吻了他。

他想哭，但忍住。

「還願意嗎？」

「我永遠也不會放棄。」

哆嗦，一射出發。

4

男人眞是嘴砲構成的一種動物。

這次才出發沒三天，群智就感到萬分的後悔。

冷。

白。

蒼茫的大地，狂雪疾吹，將「溫度」冰凍成這個世界上最虛幻的物質。

冷到連冷都說不清楚，脖子凍到抬不起來。

每次吸進體內的冷空氣都在降低肺臟裡的溫度，每吐出一口氣，就是在耗竭寶貴的水分。每踏出一步，都在接近死亡。

一眼望去，數千年前就已存在的巨大冰層相疊矗立，宛若神的存在。

面對神，感受到的不是莊嚴慈藹，而是高高在上的嚴酷，一種只要祂願意，隨時都能將你的身影急凍在祂的聖地。

去過很多地方，但沒有一個地方比起這神的領域，更接近群智心中的無間地獄。

首先是食物的問題。

再怎麼妥善分配糧食與節制慾望，食物在第十五天以後就會陷入一種匱乏狀態，而想在冰天雪地裡找到可以吃的東西，除非打獵的技巧出神入化。

比起飢餓，更可怕的是孤絕感。

前一千公里無人，後一千公里無人，彷彿地球上只剩下自己最後一個人類。不曉得身在何處的孤寂感，被一望無際的白色給放大了一百萬倍。即使是地球最大的生物藍鯨，若以步行的姿態出現在這裡也會覺得，自己只不過是一塊小小的冷凍魚肉。

唰——**颯**！

群智勉強抬頭。

轟隆**轟隆轟隆**……

遠處的雪崩又一次淹沒了原本要去的方向。

更改前進方向的次數已多到數不清。爲什麼雪崩不乾脆發生在自己頭上呢？一了百了地掩埋自己答應女神的承諾，豈不很好？

往前的每一步都沒有信仰，僅僅是因爲後退的代價一樣無法估計。

第二十天。

累積了前十九天痛苦分量的第二十天。

迎著刀子一樣的冷風，群智全身上下已沒有任何感覺，連負責產生疲倦的生理機制都當機了。這也可以說是一種自我感覺良好的保護吧。

一邊啃著硬得像石頭的巧克力棒，一邊頑固地前進。前二十三次的大冒險總算讓群智領悟到一個珍貴的結論：只要別停下來，就可以維持最基本的體溫，一直一直走下去。

休息才是失溫與放棄的開始。

忽然，茫茫的白色天際外赫然出現一朵鮮紅色的雲。

紅雲慢慢落下，落下的軌跡隨風怪飄，體積越來越大。

「終於出現幻覺了嗎？」群智暗忖，其實也不意外。

……不理會，也無力理會，就算落下的是一顆原子彈也無所謂啦。

群智慢慢地走，卻見紅雲墜落的速度越來越快，他不由自主盯著它。

不對啊不對，這朵逼近地面的紅雲好像是……降落傘？

正當群智怔住的時候，吹襲在冰凍大地上的風忽然膨脹了三倍，氣流轉向，紅色降落傘

•

在半空中一歪，迅速絕倫地往下撞向自己。

「啊……啊啊啊啊！」

竟然躲不開！

弓起身子的群智被降落傘轟然撞倒，視線隨即翻天覆地旋轉起來。

跳傘員驚險落地，抱著群智在地上滾了十幾圈緩衝，最後才勉強停住。

紅色的降落傘覆蓋在群智與跳傘員的身上，如一沱急速消癟的蘑菇，剛剛那一輪眼花撩亂的打轉，令數不清的繩線將兩人亂七八糟地綑綁束縛住，一時之間頗難解開。

媽的，超痛。

渾身吃痛的群智拿出刀，直接將兩人之間糾纏不清的傘繩給割開。

「……」跳傘員沒死，甚至沒受到什麼重大傷害的樣子。

年紀感覺有些大的跳傘員低著頭喘氣，似乎有點驚魂未定。

慢慢站起來、用力拍掉身上雪塊的群智，同樣一口氣差點喘不過來。

這未免也太巧了吧？

跳傘跳到這種鬼地方，天大地大，方圓一千公里可能就只有群智一個人，這跳傘員卻可以精準命中在地上走路的他？該說是幸運呢？還是很不幸？

群智打量著他的背影，心想……這倒楣的跳傘員剛剛不死，卻也快了。哪裡不好跳，偏

偏落在這種充滿惡意的冰天雪地裡，沒有足夠的糧食與保暖的裝備，休想活過十個小時。

救他？

絕不。

自己裝備裡的食物頂多再支撐十五天，絕不想再分出去，保住自己的小命是最重要也是唯一實際的事，群智對任何人都打算見死不救。

只是，被孤寂感凌遲夠了的群智，至少想與這個瘋狂的跳傘員說上一句話……

一句話以後，轉身便走。

許久未與人交談的群智拿著刀，警戒地看著坐在地上的跳傘員。

「呼。」

上了年紀的跳傘員抬起頭，疲困的眼神與群智瞬間碰撞。

群智微微皺眉，這個絕不可能認識的跳傘員怎麼有點……有點眼熟？

跳傘員的表情更是萬分驚訝，張大著嘴，手指著群智鼻子。

「林群智？」

這三個字從跳傘員的口中說出，令群智震驚得將手中的刀握得更緊。

但很快，非常快，群智便跪了下來，以一個鼻子的距離凝視跳傘員的臉龐。

「你……你就是……」

啞口無言的林群智無法對這個陌生人見死不救。無論如何都沒辦法。

年邁的極地跳傘員嘆氣，深深擁抱了年輕的極地背包客。

「我就是你，你就是我啊……林群智。」

5

冰凍的大地上，兩個林群智並肩而行。
不明究理的老林群智拖著有點慢的腳步，略微領先半步。
充滿強烈好奇心的小林群智稍微放慢腳步，理所當然地配合著另一個「自己」。
雖然對彼此的出現都充滿了困惑，但不可思議的事又可曾少過？兩人並沒有再多說一句話，豐富的冒險經驗告訴他們：天寒地凍，每說一句話就是平白消耗能量，若想認眞說話，等找到一處可以棲身過夜的巖穴不遲。
五個小時後，雪勢稍止。
「？」小林群智指著附近一處適合簡單紮營的低矮岩壁。
「嗯。」老林群智點點頭，的確是個可以將寒風隔擋在外的好穴。
合作無間，兩人以「非常有默契」也不足以形容的效率將營帳搭起來。
諷刺的是，並不是年輕的林群智給予年邁的林群智幫助，而是年邁的林群智帶給年輕的林群智強大的食物補給。老林群智還用小林群智沒看過的器具有模有樣的生了個火。

兩個人喝著高科技燃杯剛煮出來的熱可可，暖暖的滋味讓凍壞了的牙齒與舌頭重新找到了活力。這可不是普通的熱可可飲品，而是超濃縮高熱量的新一代堅果飲料，可以爲十個小時不間斷的步行提供基礎能量上的保證。

「你猜得沒錯，我剛剛出發。」老林群智咧開嘴笑著：「配備齊全啊，連降落傘都派上了用場，不然這次我一開始便摔死了。」

小林群智早就注意到，老林群智的左眼蒙上了一層灰白，恐怕是瞎了，在未來，自己一定經歷了很多更艱困的絕境吧。也正因爲如此，才會讓年老的自己動念頭準備起降落傘這麼完善的出發裝備。

「爲什麼……你有辦法出發到『過去』呢？」

小林群智問了一個最基本的問題：「你用了什麼特別的方法嗎？」

「我也不知道，我才剛降落就遇到了你，遇見了年輕的你才發現我自己竟然出發到了『過去』。怎麼辦到的？一樣，就是我們共同的女神。」老林群智喝了一口熱可可，滿足地說：「嘿……以前的我，你現在幾歲啊？」

「我現在三十一歲。」小林群智捧著熱可可，享受著溫醇的香氣：「那麼未來的我，你現在幾歲呢？」

「大概是五十三歲了吧。」老林群智搔搔頭：「這麼計算起來，我回到了二十二年前的北極。光是北極我就出發過三次，沒想到這一次的北極這麼不一樣！」

「北極？原來這裡是北極……」

「你今天走的路線我也依稀走過，但我記不得細節了，就只是一直往前走，遇到雪崩就繞路，哈。總之死不成就是了。」老林群智嘆了口氣：「原來穿越時間在出發上也是可能的。其實這個可能性早該想到的……」

也對。

老林群智所聯想到的，小林群智剛剛也想到了。

——許多年前從高空墜落慘死在操場上的王八蛋，叫什麼來著？甘？甘什麼？

如果離奇失蹤了的那個忘了名字的王八蛋，其實是被女神的陰道傳送到消失的前幾天……然後自萬丈高空中「出發」，那麼，那王八蛋摔死在操場上也就變得非常合理。

尤其出發前的王八蛋，跟出發後的王八蛋尚處於同一個時間點，就如同現在的兩個林群智的處境一樣，兩者一併想成一團，整個解釋架構慢慢便出來了。

「原來如此，那個王八蛋……」兩個林群智異口同聲地說，相視一笑。

再好的朋友都有無法彼此了解的一面，但實在不適合用在這兩人身上。

「如果那王八蛋跟自己屍體合照的時候，女神還只是一個普通的女生，表示女神的傳送能力命中註定在未來的某個時間點，因為想轟走那王八蛋而開啓。」小林群智迅速整理起他腦內的邏輯推論，說：「這表示，未來絕對不可能改變。」

老林群智想了想。

多了二十幾年的歲月，他比年輕的自己還要想得更深入一些。

在賓館傾聽女神的叨叨絮絮時，女神提過自己遭到強暴的那一天，就是她開啓能力的首航日。但女神自己也不明白爲什麼那一天那王八蛋會兇性大發，從一個只是惡作劇霸凌同學的小混蛋，變成一個亟欲殺死她的強暴犯。

「如果關鍵是……」晚了一步，小林群智也進入了同樣的思考邏輯。

如果關鍵是……那王八蛋是因爲發現那具屍體竟然是自己的屍體，因而大受刺激，精神崩潰做出一些超乎平常的舉止，比如強暴女神……因此才會陰錯陽差啓動女神可怕的超能力的話，這就有邏輯上倒果爲因的大矛盾。

如果那王八蛋從來沒有想強暴女神，女神也不會開啓這超能力。如果女神沒有開啓過這超能力，那王八蛋也不會變成高空墜落的屍體，另一個王八蛋也不至於精神崩潰生出想強暴女神的念頭……

一團混亂，老林群智抓亂了頭髮。

「沒關係，別想太多了。」照樣慢了一步，小林群智也發現了邏輯上的謬誤，不過他倒是有個想法：「既然你跟我都在，擺在眼前就有個方法可以實驗一下，印證過去與未來之間的因果關係。」

小林群智拿出刀子，咬著牙，在左手腕上深深刺了下去。傷口很深很深。了解。

脫掉手套，老林群智亮出左手腕，慢慢的，左手腕浮現出一個老舊的刀疤。

因果豁然開朗。

「因果因果，有因才有果，未來的確是可以改變的。」老林群智細心地幫小林群智包紮傷口，嘖嘖稱奇：「女神所說的沒錯，人生中發生的每一件事，都有它的意義。」

是啊，絕對是啊。

地球這麼大，加上不同時間軸的地球更加龐大了幾千億倍，偏偏讓這處於不同時間點的兩個人，在這冰天雪地裡相逢。晚一分鐘，老林群智的降落傘便不會墜落在小林群智的身上，光這麼想便不寒而慄。

如果連這樣的億兆分之一的「偶遇」都沒有意義，什麼是呢？

「既然因果在我們的身上同時展現，必要的補強也是必須。」老林群智頗有深意地看著小林群智，拍拍自己的二頭肌：「今後在每一次出發的間隔期，你都要努力鍛鍊，讓我們的體能能應付更多的狀況。」

「沒問題。」小林群智握緊拳頭，這當然。

此話一說，老林群智的身體忽然隆起了幾個部位，只一個呼吸的感受，他便感到自己比以前壯了不少，眞不愧是因果強大的回饋力量。

「非常好，現在我告訴你非得拚命記住的一件事。」

老林群智指著蒙上一層灰霧的左眼，鄭重地說：「聽好了，如果有一天你出發到了整天都在下雨的叢林，記住，不要招惹那一隻縮在樹後的小毒蛇。最後你非但沒吃了牠，牠噴出的毒液還射進了你的眼睛。這一隻眼睛。」

原來如此，小林群智點點頭。

「記住了嗎？」

「記住了。」

老林群智猛然搖頭，說：「你還沒記住，否則我的眼睛怎麼還是瞎的呢？」

但他想想也對，那時的自己餓昏頭了，又始終抓不到野猴子殺來吃，忽然看到那一隻看起來頗爲孱弱的毒蛇的話，恐怕還是將現在的耳提面命給拋在腦後。

「告訴我，更多關於那隻毒蛇的事。」小林群智全神貫注。

搖曳的火堆旁，老林群智開始仔細描述失去眼睛的那一趟冒險，而小林群智則發揮空前的記憶力拚命將遇見毒蛇前的細節給記住……猶如戴著藍色面具的大猴子偷走了他備用的鞋子、大雨中一道閃電擊中了瀑布旁的大石頭、有種深藍色的漿果勉強可充飢但代價是拉肚子。

老林群智鉅細靡遺地描述，小林群智汗流浹背地用心記憶，還不斷發問。這可不是開玩笑的，關係到一隻眼睛啊！

忽然間，老林群智的左眼清澈了。

「太棒啦！」小林群智大聲叫好，很久都沒有這麼興奮了。

「果然你記住了呢。」老林群智欣慰地點點頭。

頓了頓，一股「新的陳年記憶」忽然在他的腦袋裡膨脹開來。

滿臉無奈的老林群智又將左手手套解開，晃了晃。

小林群智訝然，老林群智的左手無名指短少了一個指節，而小指整根都不見了。剛剛展示那舊刀疤的時候，明明左手五根手指都是完好無缺的。

「罷了，沒有失去左眼，卻很快又在同一次冒險裡發生另一個小意外。」老林群智苦笑，指著左腳膝蓋說：「少了兩根手指後的幾年，我因爲左手握力不足，讓我的左腳重重摔了一下，現在我左腳的膝蓋是人工關節打造。」

雖能理解，但小林群智還是呆住了。

「健康的左眼顯然不是憑空復原的。」老林群智幽幽地說：「改變了一件事，很快又會牽動到其他的事，這就是所謂的連鎖反應吧。」

連鎖反應可大可小，爲了避免發生更慘烈的因果連環，兩個人都很有默契地不再談未來冒險裡發生的細節。

他們都心知肚明，知道再多的細節，也比不上真正的「運氣」。

只有運氣，才能讓他倆一次又一次逃出生天。夠了，知足吧。

兩個自己吃吃喝喝，暫時將食糧分配的問題拋在腦後……反正老林群智一直在這裡，便代表未來幾年自己都能苟延殘喘下去，這是多大的欣慰。

「這麼說起來，在二十二年後的某一天，我也會乘著降落傘重新回到這裡，遇見還是三十一歲的我自己。」小林群智吃著高熱量的雜糧餅乾，喝著續杯的熱可可笑道：「我會記得帶更多好吃的東西，慰勞一下年輕的自己的，哈哈。」

老林群智看著洞穴外忽然又大了起來的風雪。

「也許對，也許不對。」他的語氣充滿了感傷。

小林群智不敢打斷老林群智的思緒，只是等著更多的說明。

「這應該可以說吧……或許我是最後一個出發的人了。」

「？」

老林群智閉上了眼睛，充滿歲月刻痕的老臉在火光中顯得更滄桑。

女神幾乎停經了。

在徹底停經前幾個月，女神拚命傳送許多背包客出發，前仆後繼，即使被上到一滴經血也沒了還是張開她的大腿，忍著眼淚要背包客射射看、射射看……

三十六年來，將自己的陰道借給娼妓的女神遲遲等不到答案，卻始終沒有放棄——某次女神邊哭邊做，說，終有一天，一定會有一個擁有超凡體驗的背包客，在床畔輕語告訴她，她一直在等待的答案是什麼。

老林群智絕對不能忍受，那一個勇士竟然不是自己。

「我知道，很多事你不能說。」小林群智看著自己的孤老背影，忍不住熱淚盈眶：「但你已經說了很多。」

「……」

「你很清楚，我眞的好怕自己最後還是會選擇放棄。」

「我怕餓，怕冷，怕斷手斷腳，怕被野獸吃掉，但我最怕自己有一天會怕到放棄幫女神尋求人生意義，那樣一來……我的人生就完全一片空白了。」

說得好，老林群智默認了自己多年不變的膽怯。

「能在這裡遇見你，實在是太好了。」小林群智激動得哭了出來：「未來的二十二年裡，我都是一個不肯放棄女神的男子漢。」

這個世界上，再也找不到比這兩個人還要惺惺相惜的夥伴。

6

隔天一早，兩個自己便一起啓程。

一夜的風雪後，今日天氣清朗，萬里無雲。

天藍地白，美極了一弧蒼穹。

老林群智興致高昂領在前頭，小林群智跟在後面欣賞自己逆光的背影。

從來沒有一次的出發像今天的心情如此之好，今日不見風雪，兩人刻意放慢腳步，意猶未盡地繼續昨晚的暢談。

不管聊了多久，能跟自己聊天終究還是非常奇妙的事，而空氣乾燥，百里空寂，即使兩人隔了十公尺之遠，彼此的聲音探進耳朵還是非常清晰。

「離開北極後，下一站我會去哪裡，你很清楚。」小林群智搓手。

「是啊，我很清楚。一個很不簡單的地方呢。」老林群智故作神祕。

「那你呢？」

「竟然還有機會跟年輕的女神做愛，我連做夢都不敢啊，當然跟你一起回台灣找女神啊。」老林群智笑得很燦爛：「我想，既然我可以藉女神的陰道跳躍時間一次，一定還可以跳躍第二次吧。說不定下一次的出發，我就可以找到女神能力的最終意義了。」

「那眞是太好了！」小林群智喝采。

老林群智對著小林群智豎起大拇指，接著，便聽見天地間一聲沉厚的裂響。

喀。

喀喀喀喀喀……啪！

毫無預兆，快速絕倫，腳底下的千年高壓冰層裂出了一條巨大的崩線，正好裂在兩個林群智之間。薄薄的空氣透入厚實的冰岩，像一把蜿蜒曲折的刀。那刀痕深深下陷，直擊穿入數千公尺下的冰海。兩人迅速交換了一下眼神，身形僵硬定格。

數次的冒險經驗同時警戒著兩個林群智，腳底下就像是一個零和的死亡翹翹板，絕對不要輕舉妄動。不能動，此時絕對不能動。

突然發生的冰層移動異常的脆弱，哪一端先發生一點點晃動，即使只是一隻海鳥的撲擊，其冰層底下的能量就會往哪一方傾斜。

「怎辦？」小林群智瞪著老林群智。

是該緊張，但也不必太緊張吧……如果這個意外在老林群智的「過去」也發生過，那麼，當時的他是怎麼度過難關的？現在依樣畫葫蘆也一定可以撐過去吧！

「……」老林群智倒是沉默了。

啊？現在是什麼情形？這個超恐怖的意外自己一點印象也沒有。

實際上，正因爲兩人昨日意外的相遇後，一夜暢談與好眠，讓今晨啓程的時間跟過去發生過的啓程時間不一樣，幾乎晚了兩個鐘頭，即使行走的路線相同，過去好運錯開了冰層大裂動的時間，今天卻好死不死碰上了。

無解。

遠在人類聽力之外的冰層底下，裂動持續深化。

「好運氣到今天了。」老林群智很無奈，聳聳肩。

「……啊？」小林群智感到不妙。

「雖然發生這樣的意外，但我沒有憑空消失，代表你這小子以後還是會堅持同樣的冒險，很好。」老林群智有點感傷，也有點驕傲：「這是二十二年後的你自己，帶給現在的你最後的補給——接住！」

錯愕，震驚，小林群智還不全然明白。

已見老林群智腳下用力一踏，奮力將沉重的大背包扔了過來。

這用力一踏，徹底瓦解了冰縫脆弱的平衡，轟然巨響，老林群智腳下的高壓冰層徹底崩落，一大塊千年冰壓著一大塊萬年冰往下頹倒。

隨著遽然往下摔跌的無數冰岩，老林群智也墜落進黑壓壓的北極海裡。

在零下數十度的北極海裡，不再要驚心動魄的冒險。

有的，只是寒冷的沉睡。

「……」

目送了自己的死亡，小林群智一滴眼淚也沒有流。

揹起了雙份的沉重行囊，他一步一步繼續前行，踏著冰，迎著逆光。

天寒地凍，宇宙蒼茫。

殊不知，二十二年後的自己穿越時空，特地帶給現在的自己最強大的補給，不是裝滿糧食的背包，而是……

勇氣。

7

終於來到了這一天。

一成不變的客廳擺設，只是更陳舊，更寂寥，更不符外面的世界。

時間在這房子裡沉澱成固態，連透進毛玻璃窗的陽光都給歲月折舊歪曲。

吃著蘋果，群智看著客廳裡的三個等候已久的背包客。

兩個小時前共有二十多個人排隊出發，浩浩蕩蕩，各個年紀各色人種各個國籍的背包客都有，顯然是受到「聖女快停經了」的傳言影響，從世界各地趕來的「冒險家」將客廳擠了個水洩不通。

一個接一個進房，一個又一個消失。

最後剩下的這三個摩拳擦掌的背包客都很年輕，每張面孔都不曾看過。這麼想起來，過去看熟了的幾張老臉這幾年卻不再出現。理所當然是死了吧，各式各樣的死法，不須想像。

即使這二十多年來人類的足跡越來越廣，野外求生裝備的科技化越來越進步。但比起人類在裝備科技上的進展，不確定性超級強烈的「出發」還是非常危險。

比如說，有個傳言在越來越少的背包客中流竄：這幾年「聖女」將背包客直接傳送到萬丈高空上空投出發，導致大量背包客瞬間死亡的情況越來越多。全世界各地都有這類「高空自殺」的怪新聞爲證，所以今天來尋求出發的三個背包客有兩個都揹著最新發明的噴射降落傘。

臥房裡的交媾聲停了。

「該我了。」一個年紀看起來絕對不到二十五歲的年輕人站了起來，自我鼓勵似地笑笑：「希望出發到一個很危險的地方，死也值得。」

兩名排在後面的背包客爲他豎起祝福的大拇指。

群智看著他走進臥房，心想：那便死吧。

一心想死的人是不會受到「幸運」眷顧的。

一直以來群智都很幸運，因爲他熱烈地求生，他一直夢想著今天的到來。

群智看著自己完好無缺的左手手指，摸摸失去八成聽力的右耳，緬懷了一下在墨西哥黑市用來交易活命資源的左臂。一股鬥志油然而生。

「未來」已經悄悄改變了。

雖然因果循環，因是果，果又成因，互相繁衍的因果很難確定到底誰先誰後，但當年那一個年老的林群智肯定是「第一個」跨越二十二年出發到北極的林群智，因爲兩人以奇特的方式在北極相遇時，那一個年老的林群智看起來也很驚訝——顯然在他年輕時出發到北極，並沒有這一段與時間穿梭者相遇的記憶。

但他有。

這一個版本的林群智有。

如果他「再一次」穿越到二十二年前的北極，他會保有現在的記憶，以及二十二年前與上一個版本的林群智相遇的記憶。也所以，他絕對可以避開那一道驚天霹靂的大冰縫。

但那又如何？

躲開了那一道冰縫，肯定又會有別的劫難在等他。

也許是單純的意外。

也許是命運無形的力量在與他對抗，逼使他不能改變任何東西。

臥房裡的交媾聲又停了。

第二個背包客嚼著泡泡糖起身，嬉皮笑臉說：「哈！說不定只是去東京的表參道逛個街而已？先走啦！」還開玩笑地掏出陰莖朝兩人晃了晃。

眞是樂觀。

看著那人搖搖擺擺的嘻哈樣，群智心想：**沒有比樂觀更致命了**。

在高空集體跳傘時，最需要勇氣的，莫過於第一個跳下去、或當最後一個跳下去的人。

尤其是最後一個跳傘客，面對空蕩蕩機艙的心情……

客廳裡，唯一僅剩的背包客不斷搓著雙手，他的不安與猶豫全寫在臉上。

這才是可以活下去的表情。

只是，所謂的活下去……

「對不起。」

那人霍然站起，頭也不回地打開客廳的門，往樓下快步離去。

是了，所謂的活下去，有兩種。

一種是充滿對大自然的畏懼，拚死也要活下去。這可說是一種虔誠。

一種是逃避，單純的遠離種種威脅。這絕對是最理想的生存形式，也就是剛剛那一個背包客展現出來的樣子，一百分。

但群智心中的「活下去」，卻不在以上所說的兩種。

臥房裡的交媾聲停了。

除了群智，客廳已無人。以後恐怕也不會有人了。

揹著微型噴射降落傘的群智走進臥房。

兩鬢斑白的他坐在床邊，溫柔地幫女神整理凌亂的頭髮。

雖然床上的高級娼妓年華老去，身上的肉與臉上的妝一樣鬆垮，但對群智來說，女神美麗勝昔。每見到她一次，自己內心的勇氣便增強了一倍。

「也許，你是最後一個了。」女神的眼神迷濛。

「這麼多年了，我都還沒死，妳不覺得這一切一定有它的意義嗎？」

「謝謝你。」女神的聲音有些虛弱。

三十六年的侵蝕，對身體，對意志，對心靈。爲什麼早已凋零的靈魂還要尋找超能力的意義，或許連女神自己也不知道爲什麼了吧。

群智抓開女神的大腿，意志堅定地挺進。

「我活著，便是要爲妳而死。」

8

毫無意外的出發，精密的時空撞擊。

一陣怪異的狂風吹過，紅色的降落傘從二〇四二年降落在二〇二〇年的北極。

沒有溫度的萬里冰封大地上，無法不相遇的兩人。

「你……你就是……」小林群智驚愕不已。

「是，我就是你自己，你就是二十二年前的我。」老林群智微笑，擁抱著年輕又恐懼的自己：「這些話晚點再說吧，我們得繼續趕路。」

光是這幾句對白的不同，便意味著未來也不可能一樣。

過去的自己，一直活在「已經被發生過一遍的人生」裡。

現在，全新的冒險才正要開始。

五個小時後，風勢稍止。

「？」小林群智指著附近一處適合簡單紮營的低矮岩壁。

「嗯。」老林群智點點頭，的確就是當年那一個充滿感動的好地方。

營帳裡，一盆火，兩杯超濃的高熱量單位熱可可。

一樣的徹夜長談，一樣的給予自己巨大的熱情。

「能在這裡遇見你，實在是太好了。」小林群智激動得哭了出來：「未來的二十二年裡，我都是一個不肯放棄女神的男子漢。」

「哈哈！我都忘了自己說過這麼熱血的對白啊！」老林群智爽朗大笑：「能夠成爲年輕的自己的偶像，果然不虛此行！」

「時間」與「生命」之間的牽絆眞是太奧妙了。

到底時間是如何由生命的因果所構成的，或者不單純被生命的因果所控制，無人能解。

今天，老林群智總算要更靠近答案一步。

不過，接下來要發生的事可不能一樣。

十個小時後，兩人便拔營快攻，在逆光中躲開了必然發生的地獄大冰縫。

十五天後，時時刻刻全神貫注的老林群智，與勇氣百倍的小林群智聯手衝出了杳無人煙的絕命地帶，來到了愛斯基摩人的小村莊。

頭一次，裝備裡的補給品還剩了大半。

「你心裡想的，跟我想的應該一樣吧。」小林群智吃著久違的鮮魚湯。

「沒錯，我得去找現在的女神。」

大火旁，老林群智堅定地說：「我有強烈的預感，跨越時間的出發還不會停止。也許現在年輕的女神辦不到，但我可是最後的勇士。女神的**能力**加上我的**命運**，一定能產生**奇蹟**。」

兩個林群智在冰屋緊緊擁抱。

同時偷渡回到台灣，兩人立即著手下一次出發所需的裝備。

幾天後女神的簡訊一到，大小林群智便一路直奔永和的老公寓。

依舊是威力十足超熱血的經期第一天。

小林群智站在門外，讓另一個自己獨個兒進去。

看見三十一歲的女神赤裸裸躺在床上，像一朵燦爛的花，一向不哭的老林群智不禁老淚縱橫，再也壓抑不住自己的感傷，與無與倫比的快樂。

「謝謝你。」

女神溫柔地撫摸他臉上的皺紋，吻去了歲月刻痕上灼熱的淚水。

然後，女神流淚了。

「女神，妳爲什麼哭泣？」老林群智憐惜地抱著女神。

女神臉上五彩繽紛的濃妝被淚水割花、融化、崩解。

最後剩下一張全世界最素淨的臉。

「知道二十二年以後的我，還是沒有放棄，我……」

老林群智很了解，太了解了。

堅挺著強烈的命運感，他深深與女神年輕的胴體結合。

燃燒。

射出！

9

灰濛濛的天空，看不清餘霞的落日，充滿炸甜不辣油煙的空氣……

叭！

直接轟進耳朵裡的喇叭聲，將老群智從抵達的迷惘中震醒。他這才發現自己光著屁股坐在馬路中間，一台小貨車的車輪驚險地從身邊掠過。險象環生。

「幹！死變態！」小貨車司機探出車窗破口大罵：「要死也不要害別人！」

兩旁的車道同時有好幾台車都放慢速度，似乎都在打量、取笑自己。

不可避免，每次剛剛出發都會這樣，老群智趕緊將褲子拉起，狼狽地跑到馬路旁讓自己冷靜一下。滿身的裝備看起來是用不著了，這可不是什麼荒山野嶺。

這裡是……學校前面的四線道大馬路？

不可能會錯，這間一點也不令人懷念的爛學校，不論自己出發折返回台灣無數次，老群智都沒想過要回來看一眼。此時赫然看見充滿惡意的學校矗然在前，垃圾山般的骯髒記憶一下子從三十六年前撲向自己。

無比清晰。

無比臭。

只是這些畫面，未免與記憶深處的畫面太過貼合，幾乎分毫不差。一切都舊。滿街跑來跑去的車子都是極爲老舊的樣式，空氣吸進肺裡的感覺也是陳舊過期的，果然這次的出發還是穿越了一大段的時間。

老群智正想問個路人現在是西元幾年時，他瞥眼見到了站在校門口東張西望的……

「我自己。」

老群智倒抽了一口涼氣。

那個青澀的自己穿著高中制服，揹著被同學用立可白惡作劇亂寫髒話的書包，站在校門口旁的磚牆外，對著裡面不斷張望。

張望著什麼？

「……」老群智全身都在顫抖。

張望著什麼？這還需要問嗎？

這一幕，出現在夢裡有多少次？在險惡的荒野裡無止境的漫步時，有多少次回憶著這一個畫面？無法抹滅，不可能忘記，那一個少不更事的自己正等待著女神放學回家，然後像過去一年的每一個黃昏一樣，偷偷偷偷地跟著。

此時年輕的自己的表情，是如此的倉皇不安。

他知道，他正在想……

她怎麼還沒出來呢？在教室裡做什麼呢？還是她發生了什麼事？她正在擦黑板嗎？她正在拖地嗎？她正在清理桌面上被同學用立可白亂寫的詛咒字眼嗎？班導師突然又跑去找她的麻煩嗎？還是又被同學惡作劇關在廁所了？她的書包被藏起來了嗎？難道是失蹤的王八蛋突然回來找她麻煩嗎？

五十三歲的老群智從十七歲的自己臉上，看見了稚嫩的愛情。

「這三十六年來，你後悔了嗎？」站在馬路邊的老群智喃喃自語。

這個問題，自己已問了自己無數次。

每一次的答案都是堅定的否認。

這個問題，就如同許許多多人聽到的問題一樣：

「如果可以重來，你還是會放棄醫學院，去讀你喜歡的數學系嗎？」

「如果可以重來，你還是會選擇現在的老婆，不與你的初戀情人復合嗎？」

「如果可以重來，你還是會頂撞上司從大公司離職，到夜市賣滷味嗎？」

「如果可以重來，你還是會選擇把小孩送出國，他很有成就卻與你疏離嗎？」

答案當然都是，我不會後悔。如果可以重來，我一樣會做相同的決定。

——反正不可能眞正有機會改變，當然要死撐。

要面子，也要安慰自己。

但如果，眞的有那種改變的機會呢？

看著十七歲的自己不斷張望，焦切瞎猜的模樣，老群智陷入前所未有的恐懼。

呼吸困難，心跳得好快，連腳底也滲出了冷汗。

那孩子會知道，
渴望著一場普通人生的自己，
即將變得一點也不普通了嗎？

五分鐘過後，那孩子會拿著一把美工刀，呆呆地看著不斷噴出鮮血的喉嚨。

終其一生那孩子都在逃亡，也得逃亡，在流浪中度過所有的歲月。

他不可能有踏實的**夢想**。沒有**職業**沒有**身分**。他不會擁有**家庭**。他沒有交過**朋友**。他不會養**狗**。他沒有上過**電影院**。他沒有考過**駕照**。

三十六年來只是不斷的**出發**不斷的**折返**，忍受**酷熱**忍受**極寒**忍受**疾病**忍受**飢餓**忍受**迷路**忍受**猛獸**忍受**戰火**忍受**貧窮**忍受**寂寞**忍受**空洞**忍受自己心愛的**女神變成人人買騎的娼妓**。

說不定，他也是那些嘴巴說不後悔、但機會一來還是想改變的那種人。所謂的「爲女神尋找人生的意義」，不過是絕望透頂的人生自我安慰的一種「說法」。

如果把選擇的權力交給那孩子，告訴那個急得快哭出來的他……他回到四樓教室之後會看到什麼畫面、畫面之後會發生什麼樣的事，那孩子真的願意重蹈覆轍，照樣從那王八蛋的背後割下那一刀嗎？

不，百分之九十九點九，那怯懦的孩子不會。

起先一開始只是單純衝動，剩餘的行動則是……不得不的愛？

自己對女神的愛，只是一場不得不的無限放大？

現在的自己，站在**因果的分水嶺**上。

只要走過去，拍拍那孩子的肩膀。

即使只有一點點的時間差，便會微妙地阻止那孩子折返四樓的教室。

這樣一來，不成因果，現在的自己會立刻消失在這個世界上吧。

握拳。

緊緊握拳。

女神的能力與自己的命運，聯手將他帶到這個絕佳的分水嶺。

絕對，絕對不是要叫他放棄的。

「對不起。」

老淚縱橫的背包客，站在馬路邊看著徬徨失措的小高中生踱步徘徊。

終於，那孩子跑返了校園。

短短十分鐘後，老群智拖著悲傷的腳步，走進充滿罪惡感的老校園。

慢慢拾階向上，來到了四樓鮮血淋漓的教室。

推開忘了反鎖的門。

那孩子，不見了。

一個不曉得名字的王八蛋倒在血泊中，一動不動。

講台上，褪去高中制服的小女神正凝視著自己血淋淋的陰部，滿臉的困惑與思索，她不清楚自己的人生是否也正失控中。

一抬頭，小女神見到全身裝備的老群智站在教室正中央，她稚嫩的身子震了好大一下，完全被這個陌生的闖入者給嚇傻了。

「女神……」

老群智單膝跪地：「那孩子不是不見了，只是老了。」

小女神全身僵硬地看著老群智。

保持著不讓人歇斯底里尖叫的距離，老群智溫柔地看著小女神，也讓小女神仔細地看著自己、用愛的凝視撥開一層又一層的皺紋與一條條的白髮，看清楚藏在歲月底下的臉龐有多麼的熟悉。只是深深藏著，但從未被埋葬。

小女神看得呆了。

老群智的淚水順著崎嶇蜿蜒的皺紋，滴落下地。

這一天，自己自願撲向了命運。

這一天，女神選擇了自己。

「我不懂。」小女神定下心。

「妳不必懂。」老群智哭著，也笑著：「現在的我還沒有消失，意味著妳即使見了現在的我，也不會放棄妳的計畫。這樣就夠了。」

小女神點點頭，似懂非懂地走近老群智。

「依照約定，告訴我，這段時間你去了哪裡？」

小女神蹲在老群智面前，撫摸著她年邁的勇士。

「三十六年來我去了無數個地方，經歷無數次的劫難，剛剛還度過了最困難的一關。」

老群智感受著小女神十指的溫度，一股激動再度湧現：「此後的三十六年發生的一切，都是爲了今天讓我與妳重逢。」

來自三十六年後的眼淚流進了小女神的掌心。

小女神嘆息。

「一切的意義，就是與我再次重逢嗎？」

小女神捧著老群智的眼淚，全身蜷縮：「我不知道。」

「今天的重逢，就是爲了即刻的出發。」

抗拒了改變的契機，此刻的老群智展現前所未有的堅定：「我有預感，下一次的出發將會帶來最後的答案。女神，我得再次借用妳的能力。」

一樣的場景，不一樣的結合。

出發在即，小女神迎接著老群智最後的衝刺。

「告訴我，未來的我會怎樣？我會得到幸福嗎？」

小女神緊緊擁抱著她老去的勇士。

該告訴她嗎？

告訴她眞話，會帶來因果的顚倒毀滅嗎？

老群智憐惜地捧著她溫熱的臉。

「妳會成爲一個，讓我很幸福的女神。」

10

「呼！」

赫然睜開眼睛。

一手拉著微型噴射降落傘的鈕掣，一手摟著不存在的香肩。

迎接他的是幾雙困惑近乎呆滯的眼神，與一張又一張合不攏的嘴。

看著鏡子中的自己，滿臉鬍碴，風塵僕僕，還露了一隻鳥。

等等……鏡子？

「色狼！」

此起彼落的尖叫聲，讓老群智趕緊將褲子拉起來，一邊慌張地打量四周。

哪裡？

何時？

熟悉又濃郁的香味，老舊的陳設，不斷藉鏡子無限延伸出去的空間。

這裡是理髮院。

有點熟悉的場景，依稀是小時候常來剪頭髮的地方。

正在剪頭髮與看電視的理髮阿姨對著忽然出現在座位上的老群智大叫，而一個同樣坐在鏡子前的小孩哇哇大哭，耳根流血。一個理髮阿姨趕緊放下手中染血的剪刀，手忙腳亂地幫哭鬧的小孩子止血。

老群智狼狽至極地從座位上跳下，因裝備太重失去平衡還摔了一跤，一股模糊到嚴重變形的「記憶」隨著那一摔在腦袋的最角落蔓生了出來。還跪在地上的他，直覺地摸了摸右邊耳朵……果然有一個微微鼓起的小疤痕。

「……你？」

老群智看向那又哭又鬧的小孩。

那小鬼，就是不曉得幾十年前的自己吧？

來不及迷惘與感動了，一支掃帚重重砸向老群智的頭，砸得他眼前一黑。

「你從哪裡來的！變態！」

拿著掃帚的年輕女孩好像剛剛哭過，兩隻眼睛紅紅腫腫，卻相當兇悍：「出去！不然我要報警了！」

老群智吃痛，連滾帶爬地逃出了童年記憶中的老理髮店前，瞥眼看見店櫃檯桌上放了一張過時的五百塊錢，乾脆一把搶過再奪門而出。

「小偷！」

「是強盜！」

「不要追了他是變態！乖……不哭不哭喔……」

彷彿凝視著這不速之客的背影，理髮店裡的小電視機播放著新聞旁白註解：

「中華職棒假球案又有最新的發展，今天下午台北市調處約談王光熙、廖敏雄、曾貴章、諸志遠、李聰富、陳執信、謝奇勳、黃俊傑、邱啓成等九名時報鷹球員，經檢方複訊後，諭令以五萬元交保，對於黑道介入比賽的細節，檢方正積極蒐集幫派分子收買或恐嚇球員等相關證據，而居間行賄的白手套……」

11

身上都是來自未來的美金，當然沒有準備在這個年代的台灣可以用的鈔票。幸好剛剛靈機一動隨手搶了那一張五百塊錢，才讓老群智在街尾文具店旁的臭豆腐攤飽食了一番。

連著嗑了兩盤加了酸冷泡菜的臭豆腐，搭配著充滿彈性與酸菜香氣的豬血湯，吃著吃著，連習慣乾糧的舌頭都感動得快流淚了。

「老闆，再來一碗豬血湯好了，想說五百塊不好找嘛。」

「好好好，等一下！」

這一間混賣豬血湯的臭豆腐攤是自己小時候最喜歡的小吃攤，常常在放學時吵著爸爸說想吃，偶而還會自己存零用錢過來大快朵頤，卻在上了國中以後就消失不見了，有人說攤販生病了，有人說是攤販的兒子學成歸國，把攤販老闆接去過好日子了。

萬萬沒想到，能在這裡再一次吃到這令人懷念的好滋味。

肚子飽了，情緒也沒有那麼激動了，老群智開始有餘力思考現在是什麼情況。

剛剛坐下時刻意用開玩笑的語氣問了老闆，現在是哪一個年份，老闆用很古怪的表情說，現在是西元一九九七年。

換算起來，剛剛坐在理髮店被剪到耳朵嚎啕大哭的自己，是八歲。約莫國小二年級的年紀。這個時間沒去學校上課，顯然的是上午班。有時候下午媽媽的確會拿錢叫他自己去剪頭髮、順便買幾卷衛生紙跟拜拜要用的水果回家，所謂的零用錢，就是在自己理所當然扣押起店家找的零錢一點一點累積下來的。

八歲的自己啊……

還以爲會是比上一次的出發更艱鉅的狀況，但自己完全不清楚，除了剛剛挨的那一下掃帚有點痛外，有什麼稱得上是「艱鉅」呢？

「人生中發生的每一件事，都有它的意義。」

老群智複述著女神不斷思考的那一句話，眉頭深鎖。

一九九七年的今天，是什麼日子？

「出發」後抵達的地點總是超乎尋常的無規律，勉強說起來，也只有經期的出血量與地點的遠近有正相關，但也不是永遠都是這樣，有一次他就出發到了很近的菲律賓棉蘭老河的原始叢林裡。然而最近兩次的時間大跨越，看似無規律，可在裡頭「命運獨特的呼吸」已經浮現出一種跡象：

每一次跨越時間的出發，抵達時一定會出現在另一個自己的附近。

第一次是穿越二十二年的時間，相遇在冰天雪地的北極，萬年大冰層上。

遇見三十一歲的自己。

第二次是穿越一十四年的時間，相遇在充滿憤怒的學校，歷史轉捩點上。

遇見十七歲的自己。

第三次，這一次。

逆向穿越了九年的光陰，同樣遇見了自己。

八歲的自己，坐在一間小小的昏暗理髮店椅子上，哭著嚷著叫著耳朵好痛。

「快點想……快點想出來……現在我應該做什麼事？還是……」

拿著湯匙，老群智看著見底了的豬血湯苦思，喃喃：「還是什麼事都別做？不可能吧，難道去找女神……不，我八歲，現在女神也才八歲啊，現在的她還沒領略出發的能力……」

多年前女神跟他躺在廉價賓館聊天的時候，明確告訴他，她的傳送能力是在十七歲那年，為了要對抗強暴她的王八蛋而在無意識中啓動的。

既然如此，為什麼命運要將他帶到這個混沌不明的久遠年代呢？

難道……

老群智一陣頭皮發麻。

「該不會，這一次的任務……是要我煎熬九年，等到女神滿足能力的條件時再進行下一階段的出發吧！九年？要我等九年！」

等等。

等到女神滿足能力的條件？

「女神的確是在十七歲的時候正式擁有傳送能力的，但？」

老群智忽地緊握湯匙，好像想到了某個重要的環節：「說起來，那不過是女神擁有完整傳送能力的時間點，但促成女神擁有這種能力的條件，說不定不止一個？我被傳送到這個年代，跟女神擁有能力的條件有沒有關係？」

一定得搞清楚這個年代的特殊意義。

所以還是得找到女神，跟她聊聊總比自己在這裡瞎猜的好。即使是一個年僅八歲的小小女神。

不過年僅八歲的女神就讀哪一間國小呢？

並不是沒有印象，而是根本就不知道。

「到底是哪一間國小呢……一間一間問的話也太沒效率。」老群智苦惱。

隔壁桌的客人起身付帳時，老群智看見綠色的塑膠盤子下壓著幾張報紙。

他伸手將沾了湯水的報紙抽了過來，認眞研究起昨天台灣發生了什麼事。讀著、看著、苦苦聯想著，除了職棒假球醜聞案的篇幅比較大之外，好像沒有什麼驚天動地的大事，足以讓他想起來這個年代具有什麼特殊意義足以和八歲的女神串連起來。

視線從新聞版面掃來掃去，最後停在最單純的日期上。

這個日期……這個怵目驚心的日期……

只要在最末的數字加上一個一……

不會錯，那一篇被張貼在公布欄上長達一年的新聞剪報，每次走到教室後面丟垃圾時都忍不住多看一眼。一天丟兩次到三次垃圾，也看了六百多次吧，看到最後連日期都深深刻在視網膜後的記憶儲存槽裡。當然不可能會背，但一看見今日報紙上只差了僅僅一天的日期，那種數字的強烈熟悉感立刻衝擊全身。

「不是沒有發生驚天動地的大事，而是還沒發生！」

老群智霍然站起，卻不知道接下來該怎麼辦。

今天，就在今天晚上。

女神的爸爸將會變成台灣治安史上最恐怖的連環車禍殺人魔。

「哈哈……哈哈……」老群智在笑，卻笑得自己心底發寒。

如果女神的爸爸沒有變成連環車禍殺人魔，女神就不會被欺負被排擠，那些王八蛋也不敢特別針對她，當然也不可能喪心病狂強暴女神。沒有那種爛事，女神甚至不見得會進去那間臭名衝天的爛學校，根本也就不會遇見那群變態的師生。有太多的如果與假設，全都環環相扣起來。

如果這一切都沒有如果的話，最後也就不會有「足夠分量的壞事」激發出女神的超能力了！所以當務之急便是——

阻止女神的爸爸！

12

想起來簡單，做起來卻茫然無緒。

老群智在街頭走來走去，絞盡腦汁，不停回想那張新聞剪報的內容。

都三十六年了，怎麼可能記得那麼清楚？最多看到相同的街道名稱便能迅速聯想起來，但要自己憑空把車禍發生的確切時間點與地點，從三十六年前的記憶深海裡給撈起來，那是萬萬辦不到。

況且，就算自己及時趕到女神爸爸犯案的地點，又能怎麼辦？怎麼阻止他？開車與他提前對撞嗎？還是想辦法勸說他？

「總之一定要提前趕到現場，能做什麼便做什麼……」

日正當中的台北街頭上，揹著厚重裝備一身紮實的老群智顯得很突兀，縱使不曉得該走去哪裡，他的腳步卻越走越快、越快越急，彷彿無效率地耗竭體力能夠讓自己的身體產生「我正在想辦法了」的錯覺。

總算向路人問了時間，現在是下午一點二十七分。

距離案發時間的夜晚還有一段時間。但到底還剩多少時間根本計算不出來，可靠的畢竟是「案發地點」。至少要回想起地點啊……老群智痛恨自己還不夠了解女神。

如果「聯想」這一招有用，不如去市公所要一份鉅細靡遺的台北市街道圖吧？

不，何必捨近求遠呢？便利商店應該就可以買到了吧！

「哈！哈哈！」

雖然距離任務完成還很遠很遠，但總算有個起頭了，興奮的老群智快跑，衝進最近的便利商店買了一份台北市街道圖。

一走出店，老群智便迫不及待撕開地圖上的膠膜，整個攤開來看，讓密密麻麻的街道名映入眼簾，鑽進記憶庫裡尋找「賓果！」的那一瞬間。

建國北路民生東路敦化北路復興南路八德路仁愛路信義路健康路南京東路永吉路堤頂大道忠孝東路松江路市民大道長安東路長安西路南京西路重慶南路迪化街西寧北路西寧南路昆明街博愛路延平南路忠孝橋康定路中華路萬大路金山南路愛國東路和平東路水源快速道路中正橋新生南路辛亥路……

快快快我得快點跟其中一條街或兩條街的交叉口產生衝擊性的聯想啊快快快快快快快快快快點讓我想起來……正當老群智走在斑馬線上，全神貫注與地圖肉搏的時候，不經意地闖過了紅燈。

「小心！」

「啊？」

老群智將地圖略微放下。

煞——尖銳的車胎摩擦聲。

一台綠燈右轉的小機車，因車速過快來不及反應，幾乎撞上了邊看地圖邊闖紅燈過馬路的老群智。「幸好」機車騎士及時煞車，最後只約略擦撞到老群智的右肩便急停在路邊，老群智痛到叫都沒聲。

不，不是「幸好」。

幾乎要跌倒了的老群智，在微妙的慢動作中看著右肩上的噴射彈掣。

砰！

微型噴射降落傘的自動彈掣裝置被扯動，高壓氮氣氣流瞬間噴出，一團紅色的傘面從背包末端狂衝出來，瞬間高達數百公斤的巨大拉力將老群智猛地往後一帶，整個人原地拔空飛了起來。

「……」老群智呆呆地看著天旋地轉的世界。

下一秒便失去了意識。

13

好不容易醒來時，老群智已躺在醫院病房。

蒼白的天花板，有點冷。

渾身痠痛，腦袋裡一片亂七八糟的街道名稱，像蟲一樣啃著他的神經末梢。

脖子像灌了水泥般僵硬，勉強扭動角度左看右看，沒人看顧？那自己大概不是在加護病房或急診室吧？到底自己是傷成了什麼德性才被送到醫院啊。

有點刺痛，原來是左手臂被埋了一針，針底的透明管子一直連到鐵架上的點滴，大概是營養劑或食鹽水之類的液體吧。

額頭上緊緊癢癢的，好像被纏紮了繃帶，身上的多功能登山服被換成了醫院的綠色制式病服，所有繁重的裝備不見了，不曉得被護士收到哪裡了，或許是警察局也說不定。

淡綠色的隔簾外，聽似兩個醫生的人物在對話。

「病人的情況怎麼樣？」

「只是受到撞擊，沒有生命危險，不過還要繼續觀察。」

「腦袋沒事吧？」

「照了X光，看起來沒有淤血，腦壓也正常。」

「醒來的時候記得通知護理站，晚點警察會過來做筆錄啊，看看到底是發生了什麼事，嘖嘖，揹著降落傘到處亂跑，眞是……」

「是，學長。」

老群智趕緊閉上眼睛裝睡。

感覺到點滴微微晃動，感覺到有個影子停在他的臉上兩秒，感覺影子離去，感覺腳步聲走到門邊。門推開，又關上。

老群智再次用力睜開眼睛。

幾點了？躺了多久？晚上了嗎？

不行，浪費太多時間了。沒時間了……得趕緊找到地圖，地圖地圖……

用指甲摳掉黏在左手臂上的膠帶，一邊坐起來一邊拔掉埋針，老群智想直接下床，卻只是斜斜地軟倒在地上。傷到神經了嗎？還是躺太久躺到肌肉都麻了？老群智的左腿原本就有舊傷，此時反應更是遲緩，他用力敲打兩腿的肌肉，咬牙切齒地詛咒自己一時的大意。

好不容易站了起來，老群智稍微動了動，頭痛欲裂。

走到門邊，病房外只有拖鞋走動的劈啪聲，老群智索性直接推門出去，逃出了其實根本沒人在意的病房。一邊快走，一邊思索著是否要先把衣服給拿回來？

不，是一定得將身上的病服給換下來，不然這一身病服走在街上也太顯眼。問題是怎麼拿？直接衝到護理站問嗎？還是隨意闖進別的病房偷一件？

「錯過了這次，還要等九年……還要等九年……」

一想到失敗的代價，下一趟的出發竟然要耗時九年才能再接再厲，老群智的心臟就快跳出喉嚨。刻意尋找公共空間的時鐘，一時之間卻找不到。

到底幾點了？

正自焦切時，忽然聽見遠處傳來：「病人不見了！」「快去找！」「還沒做筆錄，一定要把人找回來！」緊接著便是一陣騷動。

「曾在未來殺過一個人」的老群智，對自己被通緝的身分非常敏感，儘管在這個時間裡他是一個清白的人，但同時也是一個毫無身分的人，萬一被警察帶走，肯定會被密集盤問耽擱了越來越緊迫的時間……

不敢回頭確認狀態，也不敢多想拿回衣服的事，老群智迅速右轉走下安全門旁的樓梯，用最快的速度直衝一樓。

一樓到了，老群智想一鼓作氣走出醫院時，卻看見醫院門口有兩個警察在交談，還不時往大廳裡瞧。其中一個警察拿起無線電對講機，眼神似乎透露著警戒。

不能直接出去嗎？

醫院的後門在哪？一般在急診處都還有別的出口吧？

好吵，好亂，幾個工人走來走去，顯示醫院的一樓正在進行整修，有個牌子立在原本的掛號櫃檯邊，指示來看病的民眾掛號櫃檯暫時移到二樓。

心裡有鬼的老群智走在整修中的大廳人群裡，覺得每一個人都在偷偷注意他，病人注意他，工人注意他，每走一步都籠罩在狐疑眼神的壓力下，頭越壓越低。

不知是出於過度緊張的想像，抑或是出於面對無數次危機所產生的強烈直覺，老群智彷彿感覺到門口的警察已注意到他。

不能再待在一樓。

全身燥熱的老群智汗如雨下，遠遠看見一台電梯的門打開，便快步走了過去。

前面的人群紛紛進了電梯，電梯裡剩餘的空間越來越少。

老群智加快了腳步，以一個箭步之差搶先原本走在他前面的男人進了電梯。

「咳！咳咳咳……咳咳……」

走在老群智身後的中年男人一邊低頭咳嗽，一邊跟著走進電梯。

嗶嗶嗶。嗶嗶嗶。嗶嗶嗶。

電梯超重了。

那中年男人抱歉似一笑，立刻走出電梯等下一班。

電梯門關上。

及時趕上電梯逃離飽受監視的一樓的老群智，應該要暫時鬆口氣的，但剛剛與那咳嗽男人的四目相接，竟有一種難以言喻的感覺。

那一個趕不上電梯的中年男子……在哪裡見過呢？

不可能吧，在這種年代？

登。

才二樓，電梯門便打開，除了老群智，裡頭所有的人都走出去掛號。

電梯門口站了兩個人，一個是穿著白袍的醫生，一個是滿臉淚水的中年大嬸。

思緒還停留在剛剛那個咳嗽男人的臉上，眉頭深鎖的老群智往後退一步，讓那兩個站在電梯門口的人進來。

那醫生按了九。

電梯自二樓直上。

「醫生，謝謝你，眞的謝謝你……」中年大嬸一把眼淚一把鼻涕，卻是哭中帶笑：「這三天我吃不下也睡不好，整個心思都在我兩個小孩身上，一想到我只剩一個月的時間跟他們相處，我的心就好痛好痛……謝謝你醫生，謝謝，現在我眞的收獲了好多……」

電梯，三樓。

門打開。

又進來兩個人，按了七樓。

老群智看著又開又關的電梯門，忽然深深吸了一口氣。

醫生拍拍中年大嬸的肩膀，溫和地說道：「別謝我，一切都要謝謝妳自己。以後要是遇到什麼困難挫折，只要一想起妳這三天來的煎熬，這個世界上就再沒有不能克服的事。」

電梯，四樓。

電梯裡的對話，老群智一點也不在意。

不知為何，他難以將剛剛那一個咳嗽男子的臉從腦海中抹去。

如同一根刺，一根像是不小心扎進指甲縫裡的細小竹刺，並非痛徹心腑，卻一秒也無法忍受。

怪怪的，明明只是一個很普通的中年男子，為什麼自己要那麼在意呢？

不斷咳嗽的男人，正在考慮是不是該用走的上樓時，另一台電梯立刻便來了。

電梯上了二樓。

電梯門打開。

男人走出電梯時摀住嘴巴，勉強忍住咳嗽的衝動。

掛號櫃檯前排著剛從上一台電梯走出來的民眾，男人跟著排隊。

很快便輪到了他。

電梯，五樓。

「醫生，眞的很感謝你們的計畫。」

中年大嬸止不住淚地笑。

「今後每一天都充滿了朝氣呢，加油！」

白袍醫生語氣堅定地嘉許。

「你好，我要掛耳鼻喉科。」男人將身分證放在櫃檯上。

「請問是李祐辰先生嗎？」櫃檯服務員制式化確認資料。

電梯，六樓。

即使面熟，即使八歲的自己曾經看過這一個男人，那又怎樣？

一股隱形電流從脊椎末端直竄，老群智頭皮發麻。

那又怎樣？

「是。」男人答。

「請問有指定的醫生嗎？」櫃檯服務員頭也不抬，只是看著電腦。

「嗯……應該都差不多吧？」男人研究著櫃檯上的門診輪值時間表，隨意說道：「掛呂旭大醫生的門診。」

電梯，七樓。

門打開，從三樓進來的兩個人走了出去。

門關上，電梯繼續往上。

逼近無端憤怒的情緒高漲，一個畫面從老群智記憶的萬里深海底以光速衝出。

那是一張黑白照片。

一張，放置在密密麻麻文字敘述旁的黑白照片。

照片旁邊大剌剌寫著幾個字。怵目驚心。

「呂醫師的門診剛剛滿了喔，可以考慮洪敘祐醫師跟張馨元醫師。」

「哪一個比較快看診就那一個吧？」

「那我幫您掛洪敘祐醫師。掛號費先收您一百五十塊錢。」

「謝謝。」

男人付了錢，研究著門診編號與樓層分布。

一邊等候找錢，一邊摸摸額頭。

「呼，幸好沒有發燒。」

電梯，八樓。

「我得阻止他，趁他還在醫院的時候，我得……」

老群智全身劇震。

登。

九樓到了，電梯門打開，醫生與婦人走了出去。

電梯門還沒自動關上，老群智便以最快的速度按向樓層「1F」鈕時，他赫然發現自己的手指呈現出詭異的半透明狀態。

「！」老群智大驚。

仔細一看，不只是手指，整個手掌都變得半透明……好像肉狀的果凍。

震驚之際用力一抓，五根理當緊握的手指卻感覺不到彼此的「力量」，甚至是觸感也變得很虛無，牽動整條手臂的連帶動感也很模糊。

慢慢轉過頭。

電梯裡鑲嵌著一面偌大的半身鏡，映照出老群智急速異常變化的身體。

怎麼了？

不是變得越來越透明，而是變得越來越稀薄。

皺紋不見了。

白髮不見了。

痛楚也不見了。

只剩下眼神裡巨大的疑問與落寞。

「根本什麼都還沒做啊……」

老群智呆呆地看著鏡子中正在消失的自己。

發生了什麼事？

自己即將不存在了嗎？

剛剛到底是做了什麼？

發生了什麼改變？

什麼樣的改變……足以令自己失去因果上的存在理由？

9

8

7

6

5

4

3

2

1

「女神，我們能再見面嗎？」

登。

電梯門打開。

電梯裡空無一人。

A

鐘聲敲了三遍。

國小校門口，放學的路隊早散了。

導護老師吹著哨子整隊，維持交通安全的導護學生將長長的竹竿豎起帶走。校門口只剩下幾個小朋友揹著沉重的書包坐在椰子樹下，等待著爸爸媽媽將他們帶回家。沒人在聊天，各自發各自的呆，只有一兩個人乾脆拿出作業本潦草地應付今天的家庭作業。

一個小女孩拿著印了九九乘法表的紅色墊板，一邊背，一邊向路口張望。

終於，熟悉的車影映入小女孩的眼簾。

姍姍來遲的老舊墨藍色裕隆房車停在校門口的黃線旁，一個中年男子開門下車，快步走向小女孩。雖然吃了藥還是有點咳，男子的臉上堆滿了抱歉的笑容。

小女孩把頭撇過去，毫不領情。

「把拔遲到十分鐘，把拔不乖！」

小女孩嘟著嘴。

「哈哈，那方琳今天乖不乖啊？」

中年男子蹲下，摸摸小女孩的頭。

「哼，方琳當然最乖啦！」

小女孩捏了捏中年男子的臉頰。

中年男子假裝很痛的表情，令小女孩忍不住笑了出來。

「下次不可以再遲到了啦，打勾勾。」

「好好好，打勾勾，叮咚！」

中年男子幫小女孩提起大書包，起身，用力牽起她的小手。

一邊聽著小女孩蹦蹦跳跳地背著九九乘法表，一邊，愉快地走向車子。

「回家囉！」

「耶耶回家囉！」

B

女孩的眼睛腫腫的。

理髮店十點開門，每天九點半女孩就得拿鑰匙進去做簡單打掃。

老闆娘跟其他的前輩都還沒來，女孩一個人將電風扇打開，噴穩潔擦鏡子。

原本不可能有客人出現的時間，卻聽見門被推開，熟悉的風鈴的串響聲。

進門的老男人頂著一顆怪怪的大光頭，西裝筆挺，神色尷尬地拿了一大束花站在門邊。

不僅出現的時間怪，那一束花更是與他散發出的氣質格格不入。

不僅光頭的老男人神色尷尬，眼睛腫腫的女孩也很尷尬。

你看我，我看妳，一時之間眞不知道如何開始。

「那個……這個。」

光頭的老男人滿臉通紅地從口袋拿出，被膠帶黏得亂七八糟的兩張球票。

今晚的時間，最好的座位。

看著那張最不可能發紅的臉紅得像火一樣，女孩暗暗想笑。

「球賽不是六點才開始嗎？」女孩瞪著他。

「我想……總得先吃個晚飯吧。」老男人一本正經地說。

「現在才早上十點耶。」

「那我們也一起吃個午飯吧，街尾巴那攤臭豆腐很好吃。」

「……」

「吃完臭豆腐，我們去看個電影，看完電影以後再去吃晚飯。晚飯之後再去看棒球，看完棒球以後再去吃宵夜，吃宵夜的時候我安排了一群小弟假裝調戲妳、然後我一個打十個英雄救美的好戲。」老男人越說越順，終於恢復了平日的語氣：「打完以後，我會跟妳去附近的汽車旅館擦個藥，之後看妳想把我怎麼樣我就怎麼樣。」

「去死啦！」

老男人將一大束花放在櫃檯上。手裡沒了東西，反而有點不知所措。

女孩手裡還拿著穩潔與抹布，也不知道接下來該怎麼辦。

好不容易才熱絡起來的空氣難道又要冰冷起來了嗎？

「現在離午餐還很久耶。」

女孩乾瞪著眼，努力想出這一句話。

「那就幫我洗一洗這顆光頭吧。」

老男人坐下，坐在他的老位子上。

爲他蓋上毛毯，擠了一沱洗髮劑抓在手上，女孩站在老男人身後，擺好架式。

看著那顆傷痕累累的大光頭，女孩沒有像個小姑娘一樣偷偷摀著嘴。

她哈哈大笑了起來。

今晚的約會，眞期待老男人的一打十呢！

——完——

——因果未完——

A Reader's Guide

第一次分章節的，序

(0)記錄/考題

幸虧我喜歡寫序。

現在我喜歡到連序也打算分章節，這樣是不是有點走火入魔？

我現在看十年前的書序，就會想起十年前剛寫完一本書的我正在想些什麼，聞到某些當時時空的氣味，即便是我最擅長的亂寫序，隔久了讀起來也很過癮。有種以故事記錄我的思想，以序記錄我人生的感覺。

比起過癮的胡說八道，這一次我想認眞來寫一大段，畢竟這可能是我目前爲止寫過結構最複雜的一本書。我想，寫作十一年了，我也成長到了可以進行更精密思考的階段，更重要的是，許多我的讀者慢慢長大了，應該承受得了這一次的「考題」。

另外我將部分字句放大，製造某些效果，由於過去在《獵命師傳奇》系列中做了很多實驗，讀者也給過我回饋，所以我了解一定有人喜歡，也一定有人不喜歡——不過我喜歡比較重要。

有些關於創作的想法，就大在這裡。

(1)電影/破綻

我的文學養分是電影跟漫畫，在文學之外電影與漫畫教會了我太多事。

一個問題：如果可以改變當初所做的決定，我們會怎麼重新安排自己的生命？這是一個非常嚴肅的提問，卻同時充滿了很多有趣的元素可以打造一部娛樂性十足的好萊塢電影。

許多電影都喜歡用「穿越時間」當作題材，遠一點的有跟媽媽談戀愛的〈回到未來〉，加上機器人打打殺殺就變成了〈魔鬼終結者〉。逼迫時間凍結在同一天的是〈今天暫時停止〉，乾脆將存放在單一身體裡的時間倒帶的是〈回到十七歲〉，家裡的無線電鬼上身可以接聽到二十年前的聲音是〈黑洞頻率〉。令小時候的自己穿越時光與面臨中年危機的自己碰面的是〈扭轉奇蹟〉。太多人穿越時間導致時光隧道秩序大亂於是我們需要〈超時空戰警〉來維持秩序。霸道一點直接在腦內進行時間革命的，就是〈蝴蝶效應〉。

看了太多太多關於時間旅行的電影後，我可以很篤定做出一個結論：所有關於時間旅行的故事都充滿了無法精密自圓其說的矛盾，因為因果永遠處於互噬的狀態。以這個結論我特別想推薦〈時光機器〉（The Time Machine）這部電影。

所以了，對一個小說家而言，最要緊的絕對不是建立牢不可破的時間旅行因果論（辦得到的話，不如去寫一本論文），而是——你想藉著時空穿越的故事，表達什麼樣的意念。

破綻是必然的。

但提出破綻還是有趣，歡迎大家在網路上討論本故事因果上的未盡之處。

(2)選擇/改變

上述關於時間旅行的電影有個共同的關聯性，就是「超越現實的可逆性選擇」。一貫性的主題是「選擇」，而「選擇」的背後意義是「改變」。

爲什麼我們幻想穿越時間？因爲我們想要改變。

爲什麼我們想要改變？因爲人生有太多的遺憾。

遺憾是改變的原生力，我們想矯正過去的錯誤，彌補某些失落的情感，參與錯過的事件，我們想讓今天過得更好，想安撫自己的心靈。

問題：如果時光可以倒轉，我們還會做出一樣的決定嗎？

假若眞有再一次的機會，我們的生命還有沒有其他的可能性？

還是徹底地無法翻轉？

如果這牽涉到創作者的信仰，那麼我得說，我既相信「命中註定」，卻又相信每一場生命都有改變的潛力。

命運很美，近乎一場虔誠的浪漫。但相信自己的所作所爲、甚至心中所想，都是被一股無法交易的力量給支配，卻又非常的不浪漫。鄉愿一點的人會說，如果命運是可以被改變的，那麼這一種改變其實也在命運的全盤計畫中，**改變也是被註定好的事**。這樣的說法看似面面俱到甚有哲理，但其實最矛盾，因果上的互相發生等於命運不過是一場高明的自圓其說。

——完全的命定論是我最不贊成的論調。要知道我可是將「人生就是不停的戰鬥」縫在心與肺間的男人，我相信命中註定與改變命運這兩種質素強行碰撞，當然要賭後者得勝。

與故事戰鬥的過程中，「正義」是我之前作品的大主題，也是我一貫的熱情（大抵投射了我的個性），然而最近我有許多新故事是關於「命運」，當然也蘊藏了命運裡最重要的「選擇」了。

命運最微妙的一點，是一個人的所作所爲必然不是自己一個人的事，往往涉及別人的生命。比如我們的命運直接連動到我們子女的命運，發生在我們身上的大小事透過慢慢沉澱與我們的再解讀，也會逐漸轉化成子女命運的一部分。即使你漂流到孤島，失去與你的命運連動，許多人的命運也悄悄改變了。（當然了，如果你一個人生於孤島死於孤島，恐怕是一個絕佳的例外……）

自己的命運竟然也是別人命運的一部分，每一個自己當下的決定都會成爲改變一連串事件發展的骨牌……這樣的連繫實在是太迷人了。「珍惜自己可以改變其他人的契機。」大概是我很想很想說的一句話，不過這一句話正面能量太強了，我想我不好意思常常提起它。

對於相關題材我會繼續努力下去。

(3)暈圈效應/因果救贖

這一次的新書是由五個中短篇故事所組成的。

五個故事中，有些角色的命運無意間被改變，有的是主動積極地去改變他人。

故事起於多年前一場失控的意外，一夜之間滾成了一團大災難。這個災難直接衝擊了許多人的生命，祐辰死去，計程車司機死去，奉命追緝的警察死去，泰哥與一堆光頭通通橫死在海產店裡。

災難有「暈圈效應」（我硬發明的名詞），許多人的命運也會間接被災難改變，比如泰哥的兒子……顯然他們父子之間的情感也不是像泰哥口中那麼對立，如果泰哥不死，泰哥的兒子也許終其一生都會以這個黑道父親爲恥（也許是表面上的不齒，卻又想與權威的父親慢慢和解的狀況），但泰哥的橫死卻會使父子和解永遠沒有可能、也因此逼迫泰哥的兒子突變成一個非常變態的老師。泰哥兒子的心理變態，當然也成爲了「女神的養成條件」之一。

暈圈效應比想像得還要巨大，意外發生，呂旭大與博翊兩個醫生也間接改變了他們的生命態度，位於五個故事核心的方琳亦然。

莫名其妙具有超級傳送能力的方琳，自然又成爲了改變許多揹包客命運的人體伺服器。矛盾的是，原本已放棄生命熱情的老鄧卻因爲方琳的超能力得到了嶄新的救贖——對方琳而言的悲劇，對老鄧與許多背包客來說卻是一個超大的幸運。

而十七歲的方琳正要開始突變的人生，讓她同時成為了「復仇魔女／聖女」，前者的身分在教室裡意外地改變了群智的生命，從此之後群智的人生也開始扭曲生長，變成了代替方琳尋找人生意義（你要說超能力的祕密也行）的使徒。

在普通至極的現實世界裡，群智或許一輩子都會是一個普通至極的阿宅，然而在不斷的冒險出發中，群智終於成為了與命運正面對決的男子漢。在寫五十三歲的群智遇到十七歲的群智自己時，我特別感動，也很感傷。那種一次又一次站在因果分水嶺上的掙扎，透過鍵盤的力回饋彈進了我的心。

(4)完成／失落

這次不同章節的故事，原本是不同時間點想出來的毫無關聯的五個短篇，有的靈感甚至相隔了四、五年。原本的計畫是各自獨立的故事，但一邊思考、野心也就一邊悄悄膨脹，如果各自獨立的故事可以彼此產生關聯的話，豈不是更好？

彼此相關又有三種寫法，一種是讓各自的角色在不同的故事間串場、露個臉之類的，第二種是時序上的漸進、在時間上有因果的相依（比如《拚命去死》）。另一種就是絕對性質的因果相關，各自的情節都是互相推動劇情的機關。不用說，最後者當然比較厲害，理所當然也比較難（不，不是比較難，是難很多）。

一般來說，厲害加上很難，就屬於我的狩獵範圍了哈哈。

連續很多天，我拿著筆記本不斷在這些故事的簡單記述中進行穿針引線的工作，思考如何能夠在不同品種的故事中找到牽繫、試圖建立比牽繫更強的元件，原本有七個獨立的故事可以寫，爲了全然呼應的完整性，我精鍊成只剩五個。如你所見。

第一篇故事或許有點悶，用字遣詞與我平常不同，感謝大家用力撐過去。我主要是想寫一個普通人被預告死亡後在極短時間內的精神突變，暗示一個人之所以能長時間保持普通的狀態，其實也是一種被諸多責任緊密約束的不正常狀態，一旦這種束縛被解除了，驚天霹靂的暴走也就可以預期了。

第二篇故事充滿了超現實的校園霸凌橋段，靈感起自我看了幾支在網路上流傳的、非常誇張的女生被不良同學集體欺負的影片，我看了很火大，覺得不可思議。這段故事說是超現實，不如說是「超殘酷的寫實」。當一個人陷入無盡的黑暗中，唯一的燭光也就顯得更加珍貴，我很喜歡方琳對母親的貼心，那該是多麼可愛的善良。至於眾目睽睽下從高空墜落的「自己的屍體」，這樣的詭異橋段我實在是太拿手、也太愛不釋手了。

第三篇故事屬於新奇的都市傳說，透過做愛射精即可隨機出現在地球某個角落，其實隱藏了許多人類學上的符碼。不過沒有學者專家認眞在鑽研我的小說，所以我的讀者們大概一句「用射精去旅行，這實在好有趣啊！」哈哈大笑就可以打發過去，這樣也是OK啦！

第四個故事很可愛，於是也最悲傷。首先一定要說的是，這一段故事敲開了埋在第二篇故事裡的彩蛋，這個彩蛋是什麼，可能得多看兩次才能恍然大悟。寫這段充滿黑色幽默的故事時也讓我時時掛著微笑，我筆下的女孩們常常充滿了耀眼的陽光朝氣，我喜歡自己總是不經意展現這種傾向。黑道大哥被小弟你一句我一句地獻策教學則是我最中意的一段。所以了，我也很樂意用逼近作弊的逆轉大絕招祝福他們的第一次約會……這是我要的感覺。

我最喜歡第五個故事。我一向喜歡充滿使命感的角色性格，多部作品的主角都很堅定地朝著他們所認同的價值邁進，不斷戰鬥。但扣除被女神重度迷惑令使命感特別強大外，這個主角群智與我慣常使用的熱血男兒大相逕庭，簡單說，他是孤男（這裡用阿宅形容是不精確的），活在自己小小的內心話世界，沒有像樣的勇氣踏出去，直到他手中的刀片變成紅色爲止，其代價也空前巨大。孤男是英雄嗎？勇於突破逆境的都是英雄，尤其這個孤男所面對的大魔王不是具體有形的誰誰誰，而是，捉摸不定的命運。捉摸不定的敵人最難應付，因爲毫無可以仰賴的對策，所以我安排的孤男對決命運，最後也以無法預料的狀態悄悄落幕了。

電梯門打開，我看到的是任務完成的失落。

(5)限制/感謝

爲什麼選擇「做愛射精」當作是奇幻旅行的機制，這與校園霸凌的劇情有百分之百的相關。如果選擇「眞愛之吻」當作出發的機制，顯然格格不入，也無法對接下來的背包客不斷出發的劇情做合理連結。

但選了性愛，無可奈何就會有爭議。最大的爭議莫過於，雖然書中有許多關於性愛場面的描寫，但我不覺得是「限制級」。

對我來說性跟暴力並不算什麼太過度的「髒物質」，但如果牽涉到某種很畸形的人性扭曲、反社會，我才會自動自發將作品列爲限制級，過去這樣的例子有《異夢》、《樓下的房客》。所以我得強調我不是沒有「限制級」的概念。

但這一本書我並不以爲然，反而我希望這個故事越早被讀者理解越好，爲它冠上限制級的帽子，基本是在歧視這個故事想傳達的意念。我想這本書適合十五歲以上的人閱讀，完全是基於我判斷十五歲以上的人對文字的理解能力比較充足、也對性愛一事有基本的了解不至於看不懂，如此而已，與道德無關。我小學一年級就知道偷東西是不對的，別小看小孩子的是非觀了。

當然，如果有任何人覺得我這樣的自行分類並不妥當，也歡迎你們向出版社反映，事實上我也很好奇社會對如此的故事抱存著什麼樣的想法，與批判。

說到限制級。

文學上的限制級與否往往與文學批判脫不了關係。如果這一個題材是由一個所謂的「文學家」所寫，就不會存在限制級與否的問題，比如：我選擇讓女神藉著陰道傳輸生命，出自很多思考上的意義，我們人類的生命通過陰道呱呱墜地，在人類學上陰道是充滿了黑暗與神祕與能量的原生世界，而那些放棄生命的背包客，卻逆向通過精子在陰道裡的生猛噴射、反過來穿越到那些不可知、無法確認的世界角落，這樣的設定不僅有趣、還很有意義——如果是大文學家所寫，評論家就會如此讚嘆。

但如果是由大眾小說家的我來寫，就可能變成低俗的色情。

同樣的，女神能力開啓的瞬間，是因爲遭到了同學的強暴。這種強暴的情節極爲必須，因爲強暴是一種男性徹底宰制女體的行爲，藉由奪取對方的身體自主權，進而從身體內部重重摧毀對方的心靈，所以被強暴的人對失去尊嚴的委屈往往凌駕在身體的傷害上。

陰道象徵了女性的包容、溫柔、體貼等陰性特質，方琳之所以成爲女神，就是出自陰道對陰莖的瞬間反擊——將侵入者狠狠驅逐，用憤怒的陰道抽搐將來犯者扔到遙遠之處。這樣爲了奇幻的設定所鋪陳的強暴情節絕對不是色情，而是人類學，是心理學——如果這故事是由大文學家所寫，評論家就會如此津津樂道，給五顆星。

但不好意思，寫的人是我，所以家長還是會打電話到出版社砲轟我下流。

特別我在第五個故事裡埋下了很多精細的隱喻，與我對佛理中因果苦厄劫數的想法（或者可說是再詮釋），只是我用了很九把刀的方式去寫，好玩一下子就看過去了，但對我來說，這次的寫作不只是全仗「寫作是我的興趣」去發揮而已，我視爲挑戰。

一個作家的眞正價值決定在讀者。

但很不幸，一個作家表象的文學位置，決定在評論家。

自始至終我都選了讀者，不意味我放棄了文學位置，而是我相信我筆下的我自己，遠勝過於評論家眼中的我自己。以前我沒妥協過，以後當然也不會，這是我的驕傲，希望也是你的。

這個標題底下提到了感謝，於是我想感謝彰化我常去的髮型設計店的設計師，八號的Allen。Allen不厭其煩地回答我一些近乎白痴的問題，雖然我的小說還是省去了很多專業術語的部分，以劇情流暢爲主。但還是謝謝，你剪的蛋頭總是很有型（還是我本來就很有型？）。

也要謝謝大里仁愛醫院，這次最後兩個故事幾乎都是在深夜的仁愛醫院裡完成的，有時在病房的小桌子上，有時在護理站前寂寥的交誼廳。醫院磁場本就靈氣逼人，半夜的靈氣膨脹到頂峰，讓我靈感源源不絕。

當然了，最後要謝謝你們。

這是一個很花腦筋的故事，如果你還是堅持在大便的時候看完它，大概已經大到肛門抽筋了。所以要謝謝你燃燒腦細胞與這個複雜的故事肉搏，也祝福你有個健康的肛門。

(6)謎/答

說了無數次，我相信，人是會互相影響的。

也說了無數次，人生中所發生的每一件事，都有它的意義。

以後我還是會不斷不斷地將以上兩句話說下去，因爲讀者與我之間也存著奇妙的「因果」。在寫這本書的時候，關於命運，關於選擇，我也自省了很多。

一篇好的小說，並不打算解答所有的問題。

但一個好的故事希望能提出一個好的問句……

「生而在世，爲什麼？」

這是一個無法自問自答的提問，也是人類永恆的疑惑。

對哲學家而言很困難的問題，對我也許可以簡單些。

如果有一天你走過來告訴我：

「九把刀，你寫的某個故事改變了我對一件事的想法。」

「九把刀，你寫的某篇文章扭轉了我對人生的態度。」

「九把刀，你寫的某一句話讓我熱血沸騰。」

我想，在那一瞬間我或許會有點接近答案了吧。

請問，還有哪裡需要加強

國家圖書館出版品預行編目資料

請問,還有哪裡需要加強 / 九把刀著. -- 初版. -- 臺北市 : 春天出版國際文化有限公司, 2023.06

面； 公分. -- (九把刀電影院 ; 22)

ISBN 978-957-741-704-6(平裝)

863.57　　112008479

九把刀電影院 22

請問，還有哪裡需要加強

作　　者 ◎ 九把刀
總編輯 ◎ 莊宜勳
主編 ◎ 鍾靈
內頁插圖 ◎ Blaze Wu
封面設計 ◎ 克里斯

發 行 人 ◎ 蘇彥誠
出 版 者 ◎ 春天出版國際文化有限公司
地　　址 ◎ 台北市大安區忠孝東路四段303號4樓之1
電　　話 ◎ 02-7733-4070
傳　　真 ◎ 02-7733-4069
E－mail ◎ frank.spring@msa.hinet.net
網　　址 ◎ http://www.bookspring.com.tw
部 落 格 ◎ http://blog.pixnet.net/bookspring
郵政帳號 ◎ 19705538
戶　　名 ◎ 春天出版國際文化有限公司
法律顧問 ◎ 蕭顯忠律師事務所
出版日期 ◎ 二〇二三年六月初版

定　　價 ◎ 399元
總 經 銷 ◎ 楨德圖書事業有限公司
地　　址 ◎ 新北市新店區寶興路45巷6弄6號5樓
電　　話 ◎ 02-8919-3186
傳　　真 ◎ 02-8914-5524
地　　址 ◎ 九龍旺角塘尾道64號 龍駒企業大廈10 B&D室
電　　話 ◎ 852-2783-8102
傳　　真 ◎ 852-2396-0050

ISBN 978-957-741-704-6
Printed in Taiwan